KB050355

공방을 합니다
공감을 합니다

두들기며 다듬어간 나의 공방일지

공방을 합니다 공감을 합니다

이민종 지음

책세상

Prologue_시작은 작은 꿈

어설픈 완벽주의자인 나는 완벽한 계획 없이 공방('미튼 스튜디오', 이하 '미튼')을 시작했다. 아마 처음부터 완벽한 창업을 하려고 했다면 시작조차 못했을 것이다. 공방을 연 후 막연하지만 내가 좋아하는 일과 꿈을 향한 간절한 마음으로 꾸준히 나에게 미션을 주고 그것들을 하나씩 풀어가며 얻은 성취감으로 행복했다. 그리고 혼자서 하는 작업도 즐겁지만, 좋은 인연들과의 관계 속에서 함께 만들고 완성하며 나의 작업을 사람들과 나눌 수 있다는 생각에 뿌듯함과 따스함이 마음에 번져갔다.

무엇을 이루기 위해 시작했던 일들이 목표를 완벽히 달성하기보다 나의 작은 공간에 사람들이 언제든지 찾아와 편안함을 느끼고 가는 것이 즐거웠다.

"나는 보드랍고 따뜻한 양모로 인형을 만드는 사람입니다"라고 나를 소개하지만 더 깊이 소개하자면 각박한 사회와 현실 속의 여러 관계에 지친 사람들과 따뜻한 관계를 만들고, 만든 인형들로 소통을 하고 싶은 사람이 아닐까 생각한다.

처음에 단편 애니메이션이나 동화 콘텐츠를 만들고자 공방을 시작할 때는 어떤 이야기를 해야 할지 몰라 막막했다. 그래서 계속 글쓰기 공부를 하기도 하고 부족한 것을 채워줄 협업할 누군가를 찾기도 했다. 하지만 10년을 넘게 공방을 운영하며 내가 부딪힌 현실적인 문제와 예기치 않던 일들 그리고 내가 즐거울 땐 기쁨을 나누고 힘들 땐 내 일처럼 마음 아파하며 함께 울어주며 위로하던 이웃들 미튼 패밀리와 지낸 공감의 이야기가 내가 콘텐츠에 담고 싶은 것임을 깨달았다. 단편적인 이야기들이지만 그런 '미튼의 진짜 이야기'를 이제 하나씩 써나갈 수 있겠다는 생각이 든다.

정확히 12년이 지난 지금까지 수많은 사람이 공방을 드나들었고, 6평 남짓한 이곳에서 나는 꿈을 이어나갔다. 꿈을 향해 변화를 여전히 시도하고 있지만, 나를 찾는 사람들을 위해 항상 시간과 공간을 이곳에 마련해두고 싶었다. 그러면서 사람들과 어울리며 마음의 치유를 얻었고 즐거움이 점점 커졌다. 이제는 한 명이라도 양모를 하고 싶어 공방을 찾아온다면 언제까지라도 이 자리에서 반갑게 맞이하고 싶다.

어느새 양모아트 경력 14년 차. 여전히 큰돈은 못 벌지만 행복을 담은 마음의 크기만큼은 매우 커졌다. 앞으로도 더 많은 사람이 이곳에서 행복을 느끼며 그 행복을 마음에 듬뿍 담아가면 좋겠다.

최근에는 어린 친구들이 공방에 자주 오는데, 그들과 나의 어린 시절의 꿈과 동심을 공유하고 싶었다. 그러나 요즘은 점점 더 아이들이 꿈을 갖기보단 돈벌이 수단으로 무엇이 최고인지에 집중하는 이야기들을 들으면 너무나 안타깝다.

나도 어릴 적 넉넉한 가정환경이 아니었기에 돈을 많이 벌고 부를 갈망했던 경험이 없는 건 아니다. 그러나 작은 꿈이 있었기 때문에 돈이나 어떤 외부에 보이는 성공보다는 꿈을 향한 마음으로 하나씩 나의 길을 만들었고, 누군가에겐 아주 멋진 모습은 아닐 수 있지만 조금씩 성장하며 내 모습을 찾아 발견하며 지내는 것이 더 소중하고 즐거웠다.

사회가 급변하고 각박해지면서 어른이고 아이고 많은 사람이 불안함을 느낀다. 그럴 때일수록 난 나의 공간에서 내가 진정 원하는 것이 무엇인지에 집중했다. 그렇게 하나씩 해볼 수 있는 일들이 늘어나고 완성돼가며 내면에 힘이 생겨난 것 같다.

지금까지 그랬듯, 앞으로도 공방에서 서로 공감하며 즐겁게 작업할 수 있는 시간을 만들고 양모에 마음을 담아 콕콕 뭉치며 하루하루 잘 보낼 것이다.

하나씩 도전하는 일들은 시작이 조금 미숙할 수 있지만 바로 눈앞에 보이는 완성보다는 점차 의미가 생기며 다듬어져갈 것이다. 그리고 좋아하는 일을 하며 돈을 벌 수 있는 방법들을 자신의 방식대로 연구하다 보면, 어느 순간 자신도 모르는 사이에 원하던 방향을 찾아갈 것이다.

독자분들도 나처럼 하고 싶은 게 있다면, 너무 망설이지만 말고 나이, 시간, 주어진 환경에 얽매이지 말고 마음이 이끄는 대로 한 발짝 그 일에 다가서보기를 바란다. 미튼의 이야기가 조금이나마 도움이 되어 자신만의 방법으로 멋있게 꿈을 펼치기를 응원한다.

작은 공방에서
이민종 씀.

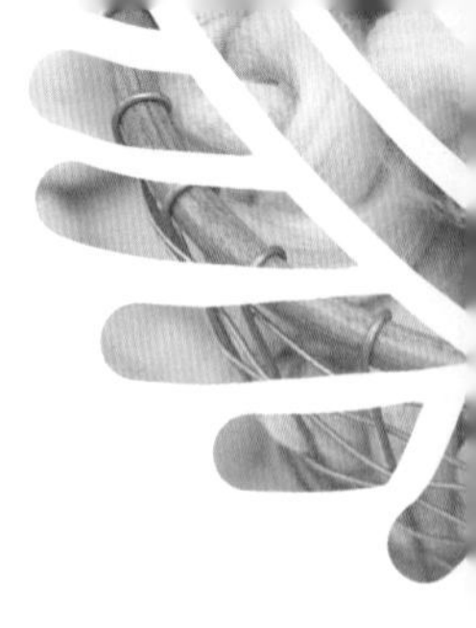

차례

mitten

Page 1.

빼대가

mitten

있건 없건

#운명처럼 만난 양모 #내가 선택했지만 부족함은 덤
#결국은 내가 하고 싶은 일로 #슬픔이 기회가 되다
#창업지원사업에 도전하다 #취미가 일이 되었다 #나의 첫 작업실

* 보자마자 반해버린 양모 소품들

#운명처럼 만난 양모

나의 공방에는 양모인형 말고도 아기자기한 소품과 피규어 등 온갖 잡동사니가 참 많다.

길을 지나거나 어디서든, 여행지를 가더라도 꼭 들리게 되는 소품가게를 둘러보는 일은 어느새 나의 취미 중 하나가 되었고, 프리마켓에서도 소소하게 고르는 재미로 한두 개씩 사서 모으다 보니 이제는 소품가게를 차려도 될 만큼 많아졌다.

소품은 특히 손으로 만든 것들은 더 눈길이 가고, '어떤 사람이 어떤 마음으로 이걸 만들게 되었을까?' 여러 가지를 상상하며 그 답을 추측해보는 소소한 재미가 있다. 만드는 것을 좋아하니 그 과정의 궁금증과 만든 배경에 대한 호기심은 계속해서 나에게 자극이 된다.

처음 눈에 들어온 작은 키링 양모 소품도 우연히 발견한 보물이다. 아주 단순한 하트 양과 동그라미 모양이었는데도 소재가 새로웠던지 유독 눈길이 갔다. 보송보송한 질감은 무엇으로 만들어진 것인지 깊은 호기심에 빠져들 수밖에 없었다. 궁금해하는 내 마음을 눈치챘는지 판매하는 분이 말을 건넸다.

"그거 양모로 만든 거예요."

'양모? 이게 털로 만들어진 거라고? 양털이 어떻게 이런 모양이 될 수 있지?'

궁금증이 하나씩 더해가 인터넷으로 알아보니, 양모는 마찰시킬수록 엉키고 뭉쳐지는데 그런 성질을 이용해 조형을 하기도 하고 옷과 소품까지 만들 수 있는 신기한 섬유였다.

보통 섬유라 하면 원단을 재단하여 바느질을 하는 종류의 작업은 봤지만 이렇게 털이 뭉쳐지고 다듬어져 형태가 만들어지는 게 신기했다. 그 색상은 보기만 해도 마음이 녹아드는 기분이 들어 한순간 시선을 확 끌어당겼다.

요즘은 그래도 겨울에 흔히 만날 수 있는 소재로 쉽게 접할 수 있지만, 예전만 해도 엄청 신기했던 재료라 알아가며 가까워질수록 더 호기심이 생겼다.

* 공방카페 클래스에서 만든 것들

예전부터 손으로 만드는 것을 좋아하다 보니 목공, 니팅, 가죽 등의 공예를 배우러 다니기도 했고 관련 분야에 관심이 많았는데, 운명처럼 만나게 된 양모로 더 이상 다른 것을 배우거나 할 필요 없이 나의 취미와 관심 분야는 하나로 싹 정리가 되었다. 그때부터는 무조건 양모, 머릿속은 온통 양모작업뿐이었다.

양파껍질을 까듯 양모의 매력이 계속해서 발견돼 점점 더 깊이 빠져들었다. 일단 우리나라에서 유행했던 공예들은 주로 일본에서 영향을 많이 받았기에 번역기를 돌려가며 일본 사이트부터 검색했다. 언어를 잘 몰라 이미지 검색부터 시작하며 그렇게 조금씩 양모의 세계로 스며들었다. 일본은 캐릭터 상품도 많고 공예 분야는 더 폭이 넓고 깊이도 깊어 양모 세계를 알아보기 시작한 순간부터 펠트공예(압축된 펠트지로 패턴을 그리고 바느질하여 인형을 만드는 기술)뿐만 아니라 다른 공예까지 관련 서적과 자료들을 모으기 시작했다. 뭘 한번 파면 깊숙이 파는 성향이라 알 때까지 더 들여다 봐야 했고, 그렇게 찾는 중 한국에도 양모공방이 몇 군데 있다는 것을 알게 됐다.

한 곳은 처음 양모를 발견한 소품가게 근처인 대학로에 위치한 양모카페로 인테리어가 양모 콘셉트였고 한쪽 공간은 숍인숍처럼 클래스를 운영하며 그곳만의 색깔이 있는 공방카페였다.

요즘에는 갤러리카페, 네일카페처럼 숍인숍 커피가게를 다양하게 볼 수 있지만 그때만 해도 국내에서 카페 겸 공방은 생소했다. 더군다나 한참 꽂혀 있는 양모공방카페라니 우리나라도 이런 이색적인 공간이 있다는 것이 신선하기도 했고 '나도 이런 공간을 꾸려가도 재밌겠다'는 생각이 들 만큼 매력적인 곳이었다. 거기서 알게 된 정보로, 양모에는 물로 작업하는 물펠트와 바늘로 작업하는 니들펠트가 있는데 그곳은 물펠트 기법을 가르치는 클래스를 운영하고 있었다.

물펠트 기법은 캐릭터 같은 조형작업을 하기보다는 주로 실용적인 소품이나 옷을 만들 때 사용하는 기술이었지만, 양모라면 전부 알아가고 싶던 때라 상관은 없었다. 공방카페를 오가며 그 공간의 느낌과 양털을 만지며 집중하고 즐거운 시간을 가질수록 그곳과 양모에 더 깊이 빠져들었다. 그때 양모를 만난 건 정말 행운이었고 운명이라는 확신이 들었다.

* 우연히 만난 양모에 빠져들어 존재하는 지금의 공방

#내가 선택했지만 부족함은 덤

"작가님은 뭘 전공하셨어요?"

"미술 전공하셨죠? 맞죠?"

초기에 공방을 운영하며 제일 많이 듣던 질문이다.

"이런 일은 미술을 전공해야 하는 거죠?"

공방 운영자는 미술을 전공했거나 관련 공부를 했을 거라 생각하는 경우가 많지만, 생각보다 주변에서 공방을 하는 작가님 중 미술 전공을 안 한 사람도 많고 우리 공방 회원 중에도 미술 전공자가 아니라도 창업한 경우가 꽤 있다. 전공을 했든 안 했든 사실 그 일에 대한 관심과 흥미가 어느 정도인지가 제일 중요하다는 생각이 든다. 난 어릴 때 디즈니와 지브리 애니메이션을 좋아했는데 특히 그 캐릭터들을 동경했다. 후에는 차츰 내가 좋아하는 캐릭터를 따라 그리고 만들어보고, 그것도 부족해서 그 캐릭터들이 살아 움직이는 영상을 만드는 일을 하고 싶었다.

그래서 첫 직장을 게임회사로 선택했고 그곳에서 캐릭터 디자이너로 일했다. 캐릭터를 그리며 디자인하는 일들은 흥미로웠고 회사 생활도 설레고 즐거웠지만 평소 게임을 즐기지 않아서인지 일이 백 프로 즐겁지만은 않았다. 모든 직장인이 회사에서 늘 즐겁고 흥미로운 일을 할 순 없을 것이다. 하지만 그 부분이 나에게는 중요했다. 그

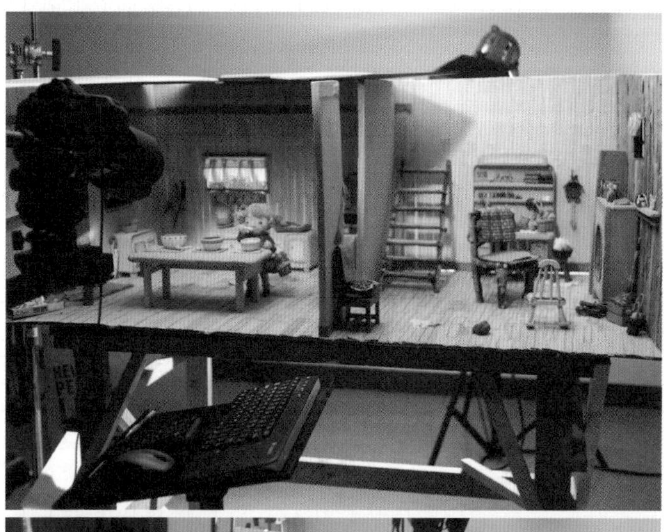

* 애니메이터 당시 촬영 현장에서 일하던 모습

래서 회사 다니는 틈틈이 공부도 하고 포트폴리오를 만들어 애니메이션 회사로 이직했다. 어릴 때부터 정말 원했던, 신기하고 꼭 해보고 싶었던 직업. 캐릭터 인형으로 한 컷씩 사진을 찍고 만드는 스톱모션 애니메이터가 되었다.

현실적으로 보면 게임회사가 연봉이나 복지 등 모든 조건에서 비전이 더 좋았지만 애니메이터 일은 꼭 해보고 싶었다. 인턴이지만 일에 푹 빠져 몰두할 수 있는 직업을 가졌다는 것만으로도 늘 가슴이 뛰었고, 야근이 반복돼도 팀원들과 함께 힘을 모아 프로젝트를 완성해간다는 성취감에 하루하루 즐겁게 일할 수 있었다.

하지만 그 좋아하는 마음에도 한계가 있었고, 결국 내가 하고 싶은 이야기를 만들고자 퇴사했다. 그 후 다른 회사로 이직할까 말까 고민하다 결국 독립을 선택했다. 그때부터 한 걸음씩 꿈을 향해 걸어가다 보니 내가 할 수 있는 일들이 보였고 어느덧 난 따뜻함을 만드는 양모아트 공방을 12년째 운영하고 있다. 그리고 공방을 운영하며 수많은 에피소드가 담긴 나의 양모 이야기를 어느덧 동화나 애니메이션처럼 차곡차곡 쌓아가고 있다.

내가 하고 싶은 일이라면 일단 해보자는 마음이 지금 이 자리까지 있게 해주었다. 그동안의 커리어나 전문적인 기술이 없었다고 해도 나에게 부족한 것은 채우며 하나씩 만들어왔을 것이다.

어떻게 보면 전공을 했기에 선뜻 부담 없이 일을 진행할 수도 있었지만 그보다는 그 분야에 대한 열정과 꿈 그리고 지속적인 호기심을 가지는 것이 더 중요하다고 생각한다. 나 또한 그 부분에 더 차별성과 경쟁력을 두고 커리어를 쌓아갈 수 있었다. 그 안에서의 수

많은 기회와 선택을 내가 하고자 하는 방향으로 이어가며 성취했고, 그렇게 꾸준히 좋아하는 일을 찾아가며 돈도 벌 수 있었으니 너무나도 운이 좋은 셈이다. 물론 힘들고 고된 시간도 많았지만 지금 생각해보면 그마저도 즐겼던 것 같다.

젊어서 힘이 넘칠 때라 그 힘듦이 나 자신을 더 당당하게 만들어 주는 기분이 들었다. 그리고 나다움, 나만의 색깔로 표현할 수 있는 일들이 순수해서 좋았다. 나아가 나처럼 자신이 하고픈 일을 만들어 가고 싶은 사람들에게 작게라도 도움을 주는 일이 공방을 운영하면서부터 더 의미 있고 즐거워졌다.

* 전공과 커리어보다 열정과 꿈을 토대로 자라난 미튼

#결국은 내가 하고 싶은 일로

현실과 다른 애니메이션 회사에서의 직장생활은 할 일이 많아 그야말로 풀 근무였다. 야근은 물론이고 개인시간은 가질 틈도 없이 빠듯한 직장생활이었지만, 그 시간은 나를 좀 다르게 성장시켜준 계기가 된 것 같다.

매일 야근이라도 하고 싶던 일을 새롭게 배우느라 흥미롭고 재미있었다. 좋아하는 일을 배우며 돈도 벌 수 있으니 신이 날 수밖에 없었다. 만든 것을 세팅하여 카메라 앞에 움직임을 만들어 또 다른 작업물로 만들어내는 영상작업까지, 내가 하고 싶은 것을 다 모아놓은 종합선물세트 같았다.

하지만 뭐든 그 분야를 깊이 알수록 좋은 것만 있는 게 아니란 걸 이때 경험하게 된지도 모른다. 배우고 알아갈수록 작업의 현실을 마주하며 하나부터 열까지 나에게 부족한 부분이 많다는 것을 알게 됐다. 내 길이 맞는지 내가 원했던 방향이 맞는지를 한두 차례 고민했지만 일단 내가 해보고 싶은 일은 끝까지 알고 가야 후회가 없을 것 같아 퇴사하더라도 작업을 그만두고 싶진 않았다. 그래서 혼자서도 할 수 있게 될 때까진 회사에서 더 배우며 나 자신을 끌어올리고 싶었다.

당시 회사 실장님이 늘 하던 말이 있었다.

"우리나라 시스템에선 뭐든 이것저것 혼자 다 할줄 알아야 어디서

무얼 하든 오래 버틸 수 있어."

이 말 때문이었을까? 무리한 한계를 시험하며 억지로 버티면서 일할 정도로 난 절실한 걸까? 자연스럽게 좋아하는 일을 하고 싶은 마음이 우러나오기보다 이 일을 하려면 억지로라도 이겨내야 한다고 하니 솔직히 무리였다.

입사동기들은 이미 나와 같은 생각으로 서서히 그만두거나 이직했지만, 난 더 배울 수 있는 시간을 갖고 몇 가지 프로젝트가 끝나고서야 생각할 시간을 가질 수 있었다. 결국 나는 예전에 양모 워크숍을 다니던 시간들을 다시 되새기며, 양모인형 캐릭터로 이야기를 만들며 내 시간을 갖고자 직장을 그만뒀다.

막상 회사를 나오니 한동안의 자유로운 생활이 좋긴 했지만, 어디서부터 시작해야 할까 막막했다. 일단 캐릭터부터 만들자는 생각으로 작업을 시작하니 그 어떤 때보다 마음이 편했고 온전히 내 세상이었다.

* 회사를 그만두고 몰두했던 양모인형 캐릭터 만들기

#슬픔이 기회가 되다

언제나 생각이 많고 내가 하고자 하는 것을 꾸준히 할 수 있었던 건 묵묵히 응원해주시는 엄마가 옆에 있었기 때문이다. 아빠와 네 살 위 언니도 있었지만, 우리 가족은 같이 시간을 보낸 적이 별로 없을 정도로 각자 바쁘게 살았다.

뭐 요즘 사회에는 흔한 가족 형태지만 그래서인지 어떤 일이든 혼자 해결하려고 하거나 내 생각을 꾹꾹 담은 채 집에서도 표현이나 말이 많지 않은 아이였다. 그래도 가족은 언제나 묵묵히 내 진로와 선택을 존중하며 응원했다. 특히 엄마는 내가 고민을 나누며 이야기 한 번 속 깊게 하지 않았어도, 내가 관심을 둘만한 뉴스거리나 기사거리들을 스크랩해서 이야기해주셨다.

퇴사를 결정하고 자연스럽게 집에 있는 시간이 생겼을 때 엄마가 많이 아프다는 사실을 알게 됐다. 늘 아파도 알려주질 않는 분이셨다. 그간 회사 일로 집에는 전혀 신경을 못 쓴 게 후회됐지만 이제라도 엄마와 함께 하는 시간을 가질 수 있어 다행이었다.

그러나 그 시간은 기대만큼 길지 않았다. 엄마는 입원과 검진을 반복하다 예상치도 않게 갑자기 이별을 고하셨다. 살면서 누구에게나 이런 시간이 온다는 건 알았지만 이렇게 빨리라니, 너무나 갑작스런 이별에 그동안 바쁘게 나 자신만 보며 지내던 나로선 여러 가지 생각으로 혼란스러웠다.

슬픔을 느낄 겨를도 없이 생각이 정지된 상태였지만 모든 게 빠르게 흘러갔다. 나를 위로해주려고 많은 친구와 직장동료들이 문상을 와주었다. 응원해주는 마음들이 무척 고마웠지만, 상황이 받아들여지지 않을 만큼 너무나도 슬펐다. 엄마의 삶과 어떤 분이셨다는 걸 다시 한번 알게 해준 시간이었다.

장례식장에서 오랜만에 애니메이션 회사에서 함께 일했던 상사를 만나게 되었다. 그분도 회사를 그만두고 작가로 활동하실 때였는데, 청년창업지원 제도 정보를 공유해주며 도전해보면 좋을 것 같다고 일러주셨다. 장례식이 끝나고 엄마의 유품과 남은 일들을 정리하는 시간을 보내며 모든 슬픔과 아픔이 한꺼번에 밀려왔다. 한동안은 마음과 머리가 텅 빈 것처럼 멍해지고 아빠와의 갈등도 조금씩 스트

* 여행을 함께 가려고 만든 엄마 인형

레스가 되었다. 뭐든 매달려서 하지 않으면 이대로는 안되겠다는 강한 마음이 들어 장례식 때 들었던 청년창업지원 제도에 한번 도전해보자고 결심했다.

엄마로 인한 상실감과 후회, 복잡한 감정에 더는 깊이 빠져들고 싶지 않았다. 지금 내 앞에 주어진 것에만 온통 집중하고 싶었다. 그렇게 서울 청년창업지원사업 서류 접수와 면접 준비까지 짧은 시간에 무엇에 홀린 사람처럼 무덤덤하게 준비했다. 내 이름을 적은 사업 아이템 계획서라는 걸 처음 써봤고 어른을 위한 동화 콘텐츠를, 유아 콘텐츠 시장을 조사하여 좀 더 상업적인 아이템으로 변경하여 제출하였다.

전화위복이 되었는지 다행히 큰 경쟁률을 뚫고 합격했고 아이템 사업성을 상업적으로 고민할 수 있는 시간이 주어졌다. 그런 시간이 없었더라면 아마 혼자만의 세계에 젖어 방황만 했을 것이다. 나는 창업지원사업 입주로 내가 설 자리를 스스로 만들어냈고 드디어 진짜 독립은 시작되었다.

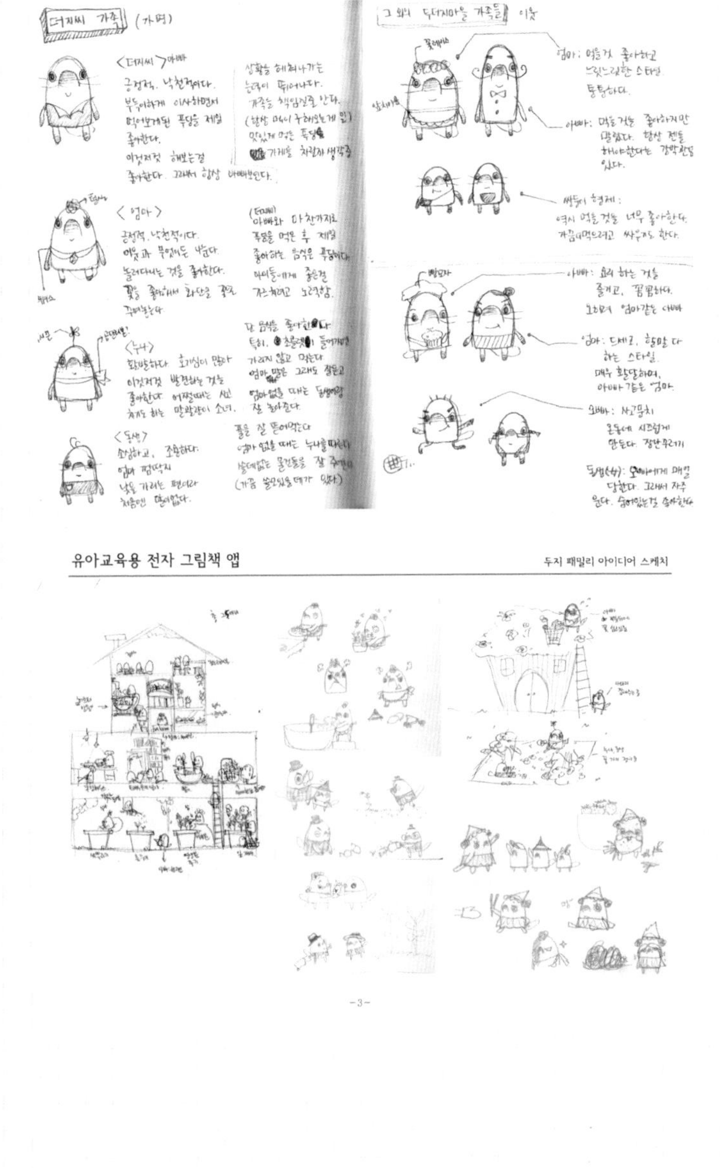

* 청년창업지원사업 참여를 준비하며 스케치했던 동화 앱북 아이디어

#창업지원사업에 도전하다

세상에 공짜는 하나도 없다. 그래도 내 의지를 보이고 내 마음을 어필하고 방법을 고민하다 보면 하나씩 펼쳐갈 수 있지 않을까?

사업 아이템 기획을 한 번도 생각해본 적 없었지만, 엄마의 장례식 후 스스로 더 무엇인가를 해야 한다는 압박감이 더해져 일단 일할 수 있는 공간부터 만들어보고자 한 게 지원사업에 도전한 가장 큰 이유였다. 그리고 당시 콘텐츠를 만들 공간이 필요했는데 당장 수입이 없는 프리랜서가 고정 경비를 지출하는 건 부담스러웠다. 이게 지원사업에 도전한 두 번째 이유였다.

1차 서류는 직장 동료선배의 조언 덕분에 안전하게 합격했고, 면접 PT를 심사위원 앞에서 해야 했는데 그것이 내 독립의 첫 도전이었다.

혼자 발표를 해본 적이 없었기에 PT는 긴장되고 어렵게 느껴졌다. 면접장에서 작업한 작품들을 펼치며 1인 스튜디오에 대한 포부와 하고자 하는 계획들을 떨리는 목소리로 어떻게 했는지도 모르게 발표했지만, 간절한 마음과 하고자 하는 의지는 잘 전달했다. 그리고 상업적으로 어떻게 할 것인지를 묻는 심사위원의 질문에도 침착하게 설명하며 새로운 내 모습을 확인했던 시간이었다.

이렇게 누군가의 앞에 서서 꿈과 비전을 떨리지만 내 목소리로 말

하는 것 자체가 큰 도전이었다. 창업 활동의 첫 시작과 함께 주체적인 독립이 시작된 것이다.

무슨 일이든지 처음이 어렵지 한 번 해보니 누군가를 설득하여 기회를 얻을 수 있는 것이 그저 신기했다. 내가 펼치고자 하는 것들이 마냥 꿈같은 게 아니라 실현 가능한 사업이라고 인정받았으니 말이다. 그렇게 지원사업을 한두 번 더 시도하며 프로젝트 사업 과제를 진행하게 되었다. 일단 과제를 완성하고 발표하고 경비를 제출하는 등 홀로 해나가는 일들이 재미있기도 하고, 하나씩 풀어가는 과정에서 많이 배우고 스스로 성장하는 기쁨을 느꼈다. 모든 걸 잊고 지금 하는 일에 집중할 수 있었다.

그 과정에서 만난 동료들, 청년지원 대표님들과 친분을 나누고 정보도 공유하며 이제껏 내가 몰랐던 새로운 세계를 경험했다.

사업과제 작품으로, 어설펐지만 입체동화책을 만들었고 그 결과물로 동화 앱북을 만들 수 있는 기간도 가졌다. 그렇게 미션을 클리어하듯 한 단계씩 계획하고 만들어가고 결과물을 내고 성과를 내는 시스템에 적응해갔다.

어쩌면 내 공간에서 내 이야기를 만들고 싶다는 내 꿈은 이때부터 이뤄졌다. 역시 난 운이 좋은 사람인 것 같다.

Ver 2
1
화이트톤,
simple
색 구성!
벽에
아기자기
식기들이 있어
벽지가
다른 무늬가
천을 잘라서
HERB
607

#취미가 일이 되었다

'좋아하는 것은 좋아하는 취미로만 간직하는 것이 좋다/아니다' 의 견차가 항상 있듯 창업책《손재주로 먹고 삽니다》인터뷰나 다른 곳에서도 그런 주제로 이야기한 적이 있다. "내가 좋아하는 일을 계속 찾고 하다 보니 자연스럽게 지금 하는 일이 되었어요"라고 했지만 '좋아하는 일은 취미로만 하는 게 좋은 거구나'라는 생각도 가끔 든다. 하지만 그런 생각할 틈 없이 푹 빠질 만큼 계속 해왔다는 것은 어찌 보면 공방은 나의 탁월한 선택이었다.

첫 도전과 독립을 한 후부터 꿈과 현실의 연속이었다. 그때를 돌아보면 어떻게 모두 해냈을까 신기한 생각이 든다. 꽂히기 전까진 신중한 편이라 쉽지 않은 선택의 과정이었는데도 그만큼 양모와 함께 해나가는 일들은 모두 좋을 만큼 열정을 다했다. 안 좋은 상황에도 경험

△《손재주로 먹고 삽니다》에 실린 미튼 공방
◁ 창업 활동으로 시작한 동화 앱북 스케치와 미니어처 촬영

Mitten

* 동화 앱북《골디락스와 곰 세 마리》제작 모습과 완성 장면 일부

이라 생각하며 쉽게 꺾이지 않을 만큼 마음이 정말 뜨거웠다.

몇 개의 지원사업을 통해 2년 정도는 그림책 관련 콘텐츠를 준비하는 시간이었다. 청년창업 시스템에서 인큐베이팅하며 일부 지원을 받고 사업 과제를 위해 시작한 공방 창업 계획은 처음에는 구체적이지 않았다. 혼자서 모든 일을 배워나가야 하는 시간이었다. 준비 없이 창업했더라면 어려웠을 마케팅과 판로, 저작권 문제와 사업 아이템 방향, 운영 경비와 회계 문제까지 이 과정에서 배우며 정보를 나누고 고민할 수 있었다.

옆에서 함께했던 다른 청년 대표님들과 정보를 공유하며 통신 판매업 신고나 상표권 등록 등 먼저 할 일들을 신고하고 등록해놓았다. 그때는 당장 필요한 일도, 아닌 것도 있었지만 사업을 하다 보니 필요한 부분들이었기에 인큐베이팅을 하며 준비했던 일들이 큰 도움이 되었다. 혼자 창업했더라면 놓칠 수도 있는 일들이었다. 공방을 운영하면서 큰 도움이 될 줄은 그때는 정말 몰랐다.

공방을 창업하려는 사람 중 대부분은 그 목표가 확실하기 때문에 원하는 브랜드의 공방을 벤치마킹하거나 콘셉트를 확실히 정하고서 창업하는 경우가 많을 것이다. 오히려 그런 경우라면 마케팅도 풀기 쉬웠을지 모르지만 내 경우는 '작업을 하고 싶다'는 게 가장 큰 목적이었고 그 수단으로 공방 창업이라는 과제가 자연스럽게 만들어진 거라 나에게 맞는 방법을 찾느라 다소 시행착오를 겪으며 운영했다.

사실 좋아하는 일과 돈을 분리해서 생각하면 운영이 쉽고 단순할 수 있다. 너무 좋아하는 쪽으로만 치우치면 운영에 대한 생각이 부족할 수밖에 없고, 공방 운영으로만 방향을 잡고 간다면 어느 순간

정체성을 잃게 되어 번아웃이 오기 쉬울 것이다. 그래서 생각한 나의 방법으로, 내가 하고 싶은 작업을 위한 부분을 가지고 가며 시간을 꾸준히 가지고 전시나 작가 활동을 이어가는 것이다. 이는 돈을 버는 문제와는 별도로 일을 통해 내가 추구하는 가치와 연결되는 부분이라 매우 중요한 체크 포인트였다.

하지만 이것도 사람마다 성향이 다를 것이다. 공방 창업은 어떻게 보면 나와 운명처럼 잘 맞았고 또 노력했기 때문에 오랫동안 이어올 수 있었다. 그래서 전문가반 수업을 오픈하며 창업을 하려는 회원들에게도 자기 성향을 잘 생각하고 나는 어떤 사람인지부터 객관적으로 충분히 생각하고 방향을 잡길 권유한다.

나는 중간중간, 나를 위한 체크리스트를 적어보며 스스로를 돌아보는 시간을 보낸다. 적어도 프로젝트가 끝날 때나 어떤 중요한 결정을 해야 하는 순간에는 더욱 그렇다. 좋아하는 것을 하며 돈을 번다는 것은 정말 생각만 해도 너무 신나는 일이지만, 스트레스를 받지 않으려면 일의 균형을 잘 잡고 객관적으로 생각할 수 있는 것이 제일 중요하기 때문이다.

동화 앱북 프로젝트가 어느 정도 마무리되어갈 때쯤 다시 한번 마음을 돌아보기 위한 제일 좋은 방법은 일단 있는 자리에서 떠나는 것이었다. 여유가 있을 땐 최대한 낯설고 먼 곳으로 간다.

그럴 땐 언젠가 인상 깊게 본 영화 〈아멜리에〉의 주인공처럼 인형들을 데리고 가는 편이다. 아멜리에가 정원에 인형을 들고 다니며 여행하다 아빠에게 사진을 보내주는 장면이 있었다. 그 장면이 너무 귀여워서 나도 내가 만든 인형들과 여행하며 사진을 찍어보고 싶다

고 생각했다. 전시에서 쓸 굿즈를 준비하다가 내친 김에 아멜리에가 되어보려 캐리어에 한 가득 양모인형들을 담아서 아주 작정하고 캐나다로 떠났다. 스무 개쯤 되는 인형들을 데리고 퀘벡으로 떠났다. 드라마 〈도깨비〉 촬영지로도 유명한 그 관광지는 마을 자체가 아기자기하고 인형 배경으로도 훌륭해서, 지나다가 아무데나 툭 놓고 카메라 셔터를 눌러도 너무나 예쁜 사진이 나왔다.

마침 캐나다 수도인 오타와에서는 비버가 마스코트 같은 동물이었다. 나의 앱북에 나왔던 비버 인형이 마치 고향에 온 것처럼 이야기를 담아 많은 사진을 찍을 수 있었다.

그렇게 나온 수많은 사진을 선별하여 다섯 가지 테마별로 엽서, 스티커, 달력 등의 굿즈를 만들었다. 마음에 드는 사진이 너무 많아 나중에 사진집을 만들 만큼 많은 이야기를 담았다. 이미지에는 여행하며 느꼈던 것을 글로 한 줄 넣어 인형들이 날 위로해주는 메시지를 담아보기도 했다. 특히 삐삐 얼굴이 담긴 사진 엽서는 인기가 많아 판매가 잘됐다.

이렇게 1년에 한두 번은 나를 위해 인형과 여행을 다니며 이야기를 만들어가는 시간을 가지며 전시를 다니고 출장을 간다. 사실 객관적인 마음과 시각을 갖고자 떠난 여행이지만 어디에 있든지 중심은 항상 공방 작업이었다.

* 캐나다 여행 사진으로 제작한 엽서

겁내지 말아요..
Hand-made story studio.

춥지 않아요!!
Hand-made story studio.
mitten

높은곳에 올라오면
날아갈것만 같아..
Hand-made story studio.

내 얘길 들어볼래?
Hand-made story studio.

#나의 첫 작업실

지원사업으로 초기에는 좀 여유 있고 안정적으로 인큐베이팅을 했지만, 슬슬 다음 스텝이 고민되어 다른 입주 대표님들은 어떻게 방향을 세우고 있는지 의견을 나눠보았다. 다들 사업에 맞는 공간을 찾는 데 집중하고 있었다.

난 1인 캐릭터 창작스튜디오를 위한 사무실과 작업실이 필요했기 때문에 공간 임대를 위해 여러 동네를 둘러보았다. 먼저 간 곳은 지인이 있던 사무실 근처로, 좁은 골목길에 옹기종기 작은 공방과 숍들이 모여있는 계동의 북촌이었다.

그 전부터 지인은 북촌에서 작은 사무실을 하고 있었다. 한옥과 고풍스럽고 고즈넉한 동네 풍경, 그 작은 골목길 양쪽으로 펼쳐지는 신기하고도 아기자기한 가게들이 모여있는 계동. '여기다! 나의 첫 작업실은 이곳에 하면 좋겠다!'고 마음은 결정을 내려버렸다. 작은 골목이라도 주인들의 개인 취향이 가득한 소규모 상점과 공방이 많아서 상권은 이미 조성되어 있었다.

때마침 골목에 자리가 나온 곳을 발견하였다. 2층이었지만 나름 아늑하면서도 창밖으로 마주보던 옛날 식당과 목욕탕 건물이 너무나도 나의 감성을 자극하여 권리금을 크게 인식하지도 않은 채 덜컥 그곳을 계약했다. 일단 맘에 들면 지르고 보는 성격인지라 어떻게 되겠지 하는 마음이었다.

마침 그곳이 직거래로 올린 글을 보지 않았더라면 서둘러 작업실을 구하지 않았을지도 모른다. 하지만 운명처럼 여기서라면 모든 작업이 술술 풀릴 것만 같았고 다른 곳은 아예 갈 생각조차 없었다.

자금이 여의치 않던 나에겐 조금 무리가 되었지만 무엇보다 마음에 꼭 드는 곳을 구하는 게 중요했다. 사람마다 상황에 따라 조금씩 다르겠지만 내게는 작업 환경이 거의 24시간을 보낼 만큼 중요한 곳이었기에 그땐 집보다도 더 중요하다고 생각했다.

마음에 딱 드는 공간을 보고 나서야 마음이 급해지기 시작했다. 내 공간으로 만들지 아님 다른 더 좋은 방법을 찾을지 빨리 결정하고 싶었다. 마음이 확실하다면 빠른 결정이 먼저고 해결 방법은 하나씩 찾아가면 된다고 생각한다. 물론 방법을 찾는 일로 수없이 갈등을 겪는 경우들이 많지만 결정한 것이 후회되지 않게 무조건 방법을 찾아보기로 했다. 여유 자금을 알아보다가 중소기업벤처진흥원에서 청년기업을 위한 대출자금을 알게 되었는데 2퍼센트 정도의 낮은 금리라서 좋은 조건으로 대출을 받을 수 있었다. 경쟁률이 높아 사업 아이템 PT를 통해 심사를 통과한 사람들에게 대출 자격이 주어졌는데, 몇 번의 발표 경험이 있던 나는 준비한 대로 통과되었다. 이제 서류를 넣고 발표하는 일은 처음처럼 부담되기보다 당연히 치러야 할 과정이 된 것이다.

물론 자금이 좀 있더라도 초기에 안정적인 투자와 운영을 위해서는 소상공인을 위한 낮은 금리의 대출이 매우 든든한 버팀목이 되어 줄 수 있다. 그리고 어느 정도 부담을 갖는 것도 처음 시작하는 부분에서 원동력이 되어주기도 한다. 창업은 수익 창출이 꼭 되어야 하기 때문에 이 계기로 내 사업 아이템에 대한 고민과 시장조사도 하고 사업계획서도 써보면서 경영에 대한 총정리를 해볼 수 있다. 처음 쓰는 서류라 책과 인터넷을 참고하며 힘들게 작성했지만 그 기회로 정리를 한 번 하고 가니 나중에 진행하는 데 도움이 많이 됐다.

이렇게 여유 자금을 안정적으로 확보하니 '이제 제대로 펼쳐볼까?'라는 의지가 샘솟았다. 그리고 무엇보다도, 이 모든 기회를 내 스스로 준비해서 해결해냈다는 사실이 너무 신났고, 그런 현실이 신기했다.

그렇게 발견한 나의 첫 작업실은 이것저것 묻지도 따지지도 않고 순조롭게 진행되었다. 이 과정은 훗날 공방을 이사할 때마다 기준이 되는 중요한 경험과 밑거름이 되었다.

북촌 공방으로 가던 길과 어느 겨울날의 창밖 풍경 ▷

春花滿發
Bukchon
Guest house
목욕탕
황금알식당
이모네
분식
황금알
고시
식당

Page 2.

양모처럼

마냥 포근할 줄 알았지

#계동에서의 시작 #공간이 주는 힘 #경험해야만 알 수 있기에
#만들고 꾸미는 건 내 전공 #공방 이름의 시초 #꿈을 현실로 만들다
#고정 수익은 어떻게 만들까 #미튼, 영화에 출연하다! #공방의 현실과 꿈
#행운에 대처하는 방법 #온라인 클래스를 런칭하다 #공방을 하려는 이유
#오지 못하면 찾아가보자 #나만의 키트를 개발하다

* 계동의 어느 건물 2층에서 시작한 미튼

#계동에서의 시작

첫 공방 자리로 선택한 계동이 상업적인 분위기다 보니 오픈 스튜디오로 운영하는 것이 맞을까 아니면 몇 개의 동화 앱북 프로젝트를 더 진행하고 방향을 생각할까 고민이 되었다. 하고 싶은 일을 즐겁게 하기 위해 시작한 선택이지만 무엇 때문에 하려는지 구체적으로 고민해보고 싶었다. 그리고 더 이상 누군가를 위해서가 아니라 나를 위한 일, 내가 좋아하는 일을 하고 싶었고 일정 기간 준비해 움직여야겠다 생각했다.

일단 6개월, 1년 단위로 계획을 짜봤다. 우선 처음 6개월 정도는 앱북 제작에 집중하기로 하고 외주 일부터 시작했다. 그리고 작업 프로젝트와 관련된 대회에 작품을 출품해보기로 했다.

직접 스토리를 만드는 것이 서툴러 기존에 있는 이야기들을 재구성하는 작업으로 시작했다. 옥상이 있는 공간을 빌려 비닐천막을 어설프게 치고 촬영할 자리를 마련했고, 그래픽을 적절하게 사용해서 결과물을 만들어냈다. 여러 일을 혼자 하기도 하고 친구를 영입해 해결하면서 1인스튜디오의 작업 환경이 쉽지 않음을 절실하게 느꼈다.

캐릭터 디자이너 일을 하며 다져온 실력을 바탕으로 캐릭터 외주 작업도 할 수 있었다. 물론 처음부터 일이 줄줄이 들어온 것은 아니다. 대부분 공방이 문을 열면 바로바로 일이 들어오진 않을까 기대할 텐데 물론 나도 그 부분에 대해선 큰 염려는 안 하고 시작부터 했다.

공방을 열고 한 달 정도는 인테리어와 짐 정리를 하며 바쁘게 보내다가 갑자기 일을 만들어서 해야 한다는 생각에 큰 벽에 부딪히게 되었다. 물론 월세와 어느 정도의 운영 자금은 있었지만 그것도 조만간 다 없어져 버리면 어떻게 하나 불안한 마음이 들기 시작했다.

앱북을 만드는 것은 혼자서 할 수 있는 작업은 아니었기 때문에 꾸준한 시간 투자가 필요했다. '일단 할 수 있는 것부터 찾아볼까?' 아직은 일을 받아서 할 정도로 거래처가 있는 것도 아니었고 나의 공방이 어떤 일을 하는지 아무도 몰랐으니 뭔가를 만들어 하나씩 쌓아야 한다는 생각이 들었다. 때마침 매년 열리는 모 제과회사에서 주최하는 인형공모전이 있었는데 대상은 무려 1000만 원의 상금이 수여돼 그 공모전을 준비하기로 했다.

친한 이웃인 어금니(이름의 유래는 뒤에서 밝히겠다) 언니는 "대상은 네가 따놓은 거야"라며 상금턱 낼 준비만 하라고 응원해주었고, 주변에서 많이들 힘을 북돋아주었다.

이솝우화를 모티브로 한 카페를 콘셉트로 네추럴한 스타일의 인형 집을 만들었고 그 안에 아기자기한 동물 캐릭터들을 세팅했다. 밤을 새며 최선을 다했고, 내가 생각해도 너무 만족스러울 정도로 작품을 만들어 출품했다. 결과는 살짝 아쉬운 은상이었지만 다른 작품들은 정말 대상을 받을 만큼의 실력이었다. 그래도 상금을 300만 원이나 받았고 응원해준 사람들과 조촐한 파티도 할 수 있었다.

공모전이 끝난 후에는 큰 행사에 참여하며 조금씩 미튼을 알릴 수 있는 기회를 얻었다. 그 후로 입체적인 캐릭터를 다양하게 쓸 수 있

* 은상을 받은 제과회사의 인형공모전

는 광고와 영화 쪽 의뢰와 여러 가지 일이 들어왔다.

그때는 양모로 캐릭터를 만들어보는 일이 드물었다. 아니 거의 없다고 해도 될 정도였다. 전시회 때 나의 인형들을 본 사람들이 '신선하다'거나 '뭔가 색다른' 인상을 받아 연락해온 경우가 많았다. 그들도 내가 처음 양모를 만났을 때의 느낌이 들었을 것이다.

전시가 끝나고 바로 연락을 준 국립중앙박물관의 어린이박물관에서 캐릭터 굿즈를 만드는 작업을 시작했다. 캐릭터를 제작하고 촬영을 해서 이미지까지 만들어주는 일이었고, 국립중앙박물관 정원을 배경으로 연출해 촬영하기로 했다. 하지만 겨울이라 날씨도 그랬지만 사진 배경이 너무 썰렁해 일부만 찍고 부족한 배경들은 근처 식물원에 가서 촬영했다.

그 후로 어린이 영어교재 일러스트 작업이 맞물려 들어왔다. 항상 그렇듯 겨울은 양모인형과 잘 어울리는 계절이기도 하지만 촬영을 하기에는 제약이 많았다. 싱그럽고 푸릇푸릇한 이미지를 만들기가 어려운 계절이라 일부러 채광이 잘 드는 옥상에 세트를 만들고 원하는 이미지를 만들었다. 하지만 예고 없이 눈이 많이 내리는 바람에 눈을 치우고 임시로 비닐하우스를 설치해서 다시 세팅해야 했다. 물론 실내에 채광이 잘 들거나 조명기기가 많은 스튜디오가 있으면 좋지만, 비용을 최대로 아끼며 작업해야 했기 때문에 그런 불편한 시행착오는 일도 아니었다.

그렇게 조금씩 외주가 꼬리에 꼬리를 물고 들어왔다. KBS 〈TV유치원 하나둘셋〉이라는 오래된 프로그램이 있는데 어느 날은 그 방송의 PD님이 연락을 해왔다. 나의 인형들을 방송의 이야기 타이틀로

* 어린이박물관 캐릭터와 세계음식체험 교구 작업

제작하고 싶다는 제안이었다. 방송국의 작업 비용은 사실 많지 않았지만, 방송 일이 처음이기도 했고 6개월 정도 프로그램 타이틀로 쓴다고 하니 공영방송에 노출될 수 있는 기회였다. 몇 가지 진행으로 방송국 안에서 인형들을 데리고 타이틀 촬영을 했다.

스태프와 PD님, 카메라감독님이 어우러져 분업시스템으로 일이 빠르게 진행되었다. 이전에 교재를 만들 때 혼자 며칠을 비닐하우스에서 고생하며 촬영한 작업이 단 하루 만에 마무리된 셈이다.

스태프가 많으니 당연한 일이지만, 직접 겪고 보니 마음에 브레이크가 걸렸다. '나도 내 인력과 시스템을 갖춘 환경에서 함께할 수 있는 일들을 만들어나가야 하지 않을까'란 고민이 시작된 것이다. 지금 와서 생각해보면 그때는 혼자서 모든 것을 다해야 하는 1인시스템이 조금 버거웠다. 그렇게 6개월이 훌쩍 지났고 양모인형 클래스를 열고 나와 같이 할 수 있는 사람들을 만들어보자는 마음이 들었다.

* 눈 때문에 비닐하우스를 치고 촬영했던 어린이 교재 작업

* 방송을 위한 캐릭터 제작과 촬영

#공간이 주는 힘

계동 공방을 계약할 때 건물이 나름 길 중심에 있어서 2층이라도 나쁘지 않을 거라 생각했다.

2층은 정말 굿 초이스였다. 무엇보다, 작품을 만들 때 집중할 수 있었다. 그리고 운이 좋게도, 마케팅을 처음부터 잘할 수 없었던 나에게 핸드드립 전문 카페이자 소품편집숍인 1층의 '계동커피'는 나의 인형들을 전시할 수 있게 해줘 손님과 공방을 이어주는 쇼룸같은 중요한 역할을 해주었다. 물론 이런 행운은 사장님과 관계가 좋아야 한다는 게 필수지만, 2층을 계약할 때 마침 1층에도 비슷한 나이대의 젊은 사장님들이 계약을 했는데 그들도 새내기 자영업자라 궁금한 것도 서로 알아가고 의지하며 친해질 수 있었다. 1인자영업자들은 혼자서 모든 일을 하다 보니 궁금한 일이 생길 때가 많다. 작업을 하다 가끔 쉬고 싶을 땐 전용 카페처럼 들락거리며 편하게 차도 마시고 술도 한잔하며 얘기할 수 있는 좋은 이웃을 만나는 게 무척 중요하다.

2층이라도 궁금한 사람들은 올라와서 구경하다 종종 판매가 되기도 하고 조용히 수업을 하기에도 적절했다.

하지만 관광객이 점점 많아지면서 월세가 자꾸 올라가며 점점 그 자리에 있는 게 부담이 되었다. 그러다 옆 동네에서 디자인회사를

* 다락방처럼 아늑했던 계동의 미튼

운영하며 80평 규모의 갤러리카페를 하는 분의 숍인공방으로 들어가게 되었다. 덕분에 권리금도 조급하지 않게 잘 받고 남은 계약 기간 안에 자리를 이전할 수 있었다. 들어갈 때 원하는 대로 들어가더라도 시기가 잘 맞아야 처음에 주고 들어간 권리금을 잘 회수할 수 있고, 한 푼도 못 받고 나올 수 있다는 게 권리금의 현실이라는 것을 알게 된 경험이다.

가회동에 있는 이 갤러리카페는 2층은 광고 디자인사무실, 1층은 갤러리 겸 카페 공간으로 정원이 있는 프라이빗한 공간이었다. 사실 자금이 있더라도 계약하지 못했을 만큼 넓은 공간으로, 갤러리 운영을 조금 도와주며 잠시 공간을 나눠 쓸 수 있었다.

* 한때 가회동 갤러리카페 안에 자리 잡았던 미튼

작가 활동을 같이 하며 조금씩 알게 된 작가님들이 있어 기획 전시를 같이 하기도 하고 디자인사무실 실장님의 주최로 진행된 파티 이벤트들이 있어 여러 가지 즐거움을 공유할 수 있는 훌륭한 공간이었다. 물론 잠시 있기로 했기 때문에 공간을 분리하지 않아서 미튼의 아기자기함을 느낄 수 있는 분위기는 아니었다. 그리고 작품이 작은 인형들이라 집중적으로 보이지 않기도 했다. 공간이 크고 넓다고 해서 좋은 게 아니라는 걸 확인할 수 있었다. 이후 다른 동네들을 알아보고 계약도 한 번 불발됐을 때 계동에서 왕래하며 알고 지낸 퀼트 작가 오 선생님의 원서동 작업실 아래층이 비어있다고 해서 마침 근처라 쉽게 이전할 수 있었다.

* 원서동 미튼으로 가던 길 풍경

* 이사 오기 전 어느 흐린 날의 체부동

그다음에 온 곳이 현재의 서촌 미튼이다. 그동안의 이사 경험으로 쌓인 노하우 덕인지 이곳은 모든 조건이 좋아서 8년째 체부동 작은 골목을 지키며 자리하고 있다. 여러 곳을 이사 다녀봤지만, 이곳처럼 미튼 공방의 콘셉트와 분위기가 어울리는 동네이면서 상권이 형성되지 않았더라도 기본으로 들어가는 고정비가 크지 않고 주인도 잘 만나는 것은 정말 천운이다. 덕분에 6평 남짓 작은 공간이라도 미튼만의 개성을 뽐내며 아기자기하고 아늑하게 오랫동안 잘 유지할 수 있었다.

공방이나 작업실을 구할 땐, 내 분위기와 취향을 잘 살릴 수 있는 곳, 그리고 무엇보다 동네의 분위기가 내 성격과 맞는지를 꼭 봐야 한다. 나는 특히 어릴 때 살았던 동네 풍경과 아날로그 감성을 공방에 담고 싶었고 인형을 가지고 놀며 포근했던 그 공간을 연출하고 싶었다.

요즘은 오래된 건물과 공장을 리모델링하여 복고풍으로 꾸며진 멋진 동네들이 많이 생겼지만 10년 전만 해도 북촌과 서촌만 한 곳은 없었다. 내게 옛 감성을 자극하기에 충분했고 무엇보다 역사가 깃들어져 있는 곳이라 조용히 길을 거닐 때마다 마음도 차분해지고 편안해진다. 미튼에 오는 분들도 그러했을 것이다.

서울 사대문 안 북촌과 서촌 경복궁 주변에만 이렇게 오랫동안 있으니 지인들과 "전생에 경복궁에서 왕을 사모하며 바느질하던 상궁이 아니었을까" 같은 우스개 소리도 한다. 상궁보단 이왕이면 중전? 아니면 왕의 총애를 받아 모든 궁녀의 시샘을 받던 후궁이었을지도. 이런저런 말도 안되는 이야기도 할 수 있는 이곳이 왠지 모르게 참

좋다.

작업 공간은 있는 동안 편안한 곳이어야 한다. 그래야 즐겁게 할 수 있고 사람들을 대할 때도 나다운 모습으로 자연스러울 수 있다. 무엇보다 가장 오랜 시간 머물러 있을 곳이니 이 이유만으로도 신중하게 골라야 한다.

인테리어가 훌륭하지 않더라도 나의 감각으로 만들어가고 꾸며갈 때 그 장소에서 향기가 나고 그 어디에도 찾아볼 수 없는 훌륭한 장소가 탄생한다. 언젠가 수업하러 오신 분이 했던 인상 깊었던 말이 있다.

"샘, 여기 오면 공방 냄새가 나요, 그래서 여기 들어설 때부터 마음이 무장해제가 되어서 나오지 못하는 동안 이 냄새가 그리웠어요."

내가 어떤 향수나 방향제를 뿌렸던 것도 아닌데… 그래서 더 그 말이 잊혀지지 않는다. 한때는 더 넓고 더 분위기 좋은 장소를 물색하며 이사도 고민해보았고 코로나를 겪으며 온라인이 주력이 된 만큼 오프라인은 잠시 정리를 해볼까 생각한 적도 있다. 그렇지만 겹겹이 쌓인 따뜻한 향기와 애정이 듬뿍 담긴 공간이기 때문에 할 수 있는 한 계속 꾸려가고 싶다. 혹시라도 다른 곳으로 이전하더라도 이 장소만의 이야기와 향기는 그대로 담아갈 수 있을 것이다. 첫 공간인 북촌에서 이어왔던 것처럼 말이다.

* 네 번째 이사로 현재까지 자리하고 있는 체부동 미튼

#경험해야만 알 수 있기에

가회동에서 원서동으로 가기 전에 다음 공방 장소를 탐색하다가 연남동 일대를 알아본 적이 있다. 한 곳은 리모델링한 주택 건물이라 권리금 없이 임대할 수 있는 좋은 기회였다. 하지만 인테리어 공사를 조금 무리하게 진행해야 한다는 단점이 있었다. 그래도 상권이 계속 형성되어갔고 경의선 숲길이 거의 완공될 무렵이라 공원이 조성되면 더 좋은 조건으로 나중에 시설비 정도는 받을 수 있을 거라는 중개인의 정보를 듣고 계약을 결정했다.

아직 건물 완공 전이라 해서 한두 달 남짓 시간이 남아 인테리어 준비와 공간 운영을 어떻게 해나갈지 생각해보기로 했다. 그런데 이사를 앞두고 공사가 자꾸만 미뤄지는 상황이 되었다. 뭔가 이상한 생각이 들어 구청에 전화를 걸어 이 건물이 어떤 상태인지 들을 수 있었다. 그런데 생각지도 않게 옥탑 불법개조 신고로 공사가 중단되어 다시 허가를 받기까지는 시간이 걸릴 수 있다는 내용이었다.

건물주의 기다려달라는 말만 듣고는 찜찜한 상황이었는데 역시나 문제가 있었던 것이다. 이사가 급하진 않았기 때문에 사실 날짜는 조금 미뤄도 괜찮긴 했다. 하지만 마음이 내키지 않았다. 또한 처음엔 몰랐는데 계약 이후에 연남동을 오가며 보니 밤에는 술집들이 근처에 많아 분위기가 완전 다르게 보였다. 원래 집을 구할 때도 낮과 밤 시간대별로 여러 번 둘러보라는 말이 그냥 있는 소리가 아니었다. 한 번 마음이 돌아서니 좋지 않은 부분들이 하나둘 보이기 시작했다.

결국 계약을 파기하기로 했고 건물주가 약속을 지키지 못했으니 계약금도 안전하게 돌려받게 되었다. 이 사건은 계약할 때 주의할 점과 공간이 아무리 맘에 들더라도 충분히 여러 번 주변 상황도 꼼꼼하게 체크해야 한다는 걸 배우는 계기가 되었다. 공간도 동네도 다 자기한테 맞는 곳이 있고 인연이 있는 것 같다. 처음부터 찜찜한 마음을 끌어안고 시작했다면 안 좋은 일이 있을 때마다 다 그것 때문이라고 연결 지어 생각했을지도 모른다. 그렇게 연남동의 계약을 취소하면서 원서동으로 이사를 결정했다.

그렇게 세 번째 공방 자리가 된 원서동은 어차피 올 사람들은 알아서 찾아올 수 있으니까 굳이 상권이 있을 필요도 없고 당연히 권리금도 없었다. 다만 처음부터 늘 가졌던 희망이 내가 마음 편히 있을 수 있고 찾아오는 사람들도 편히 올 수 있는 곳이면 좋겠다는 것이었다. 원서동 미튼은 골목골목 주택들이 들어선 창덕궁 근처였는데 큰 학교 운동장을 마당처럼 볼 수 있었고, 전에 있던 곳들보다는 좀 더 프라이빗한 공간이었다.

3층짜리 작은 단독주택은 작가님이 애초에 작업실로 쓰려고 설계하고 꾸몄기 때문에 작지만 층층이 공간 분리가 되어 야간 작업이 많은 나에게 쉴 공간마저 주는 훌륭한 곳이었다. 이런 작은 단독건물 하나 있으면 좋겠다는 생각이 들었던 곳으로, 3층에서 훤히 내려다 보이는 운동장은 보너스 선물 같았다.

* 공간이 분리되어 좋았던 원서동 미튼

이사를 다니며 알게 된 또 한 가지는 미튼은 천장이 높고 넓은 공간보단 좀 작더라도 아기자기하고 아늑함이 있는 곳이 어울린다는 것이다. 왠지 우리만의 아지트 같은 곳, 찾아오는 분들과 따뜻한 마음을 나누고 같이 할 수 있는 일들을 고민하며 해결하는 곳, 그런 곳이 나의 공방과 어울린다는 것을 몇 번의 이사를 통해 알 수 있었다.

아지트 같은 원서동 미튼은 모든 면에서 만족스러웠다. 그곳에서 2년을 보낸 후 아는 작가분이 급하게 서촌에서 작업실을 빼야 한다는 말을 듣게 되어 지금의 자리를 만나게 되었다.

시즌 2가 시작된 것처럼 새로운 마음과 이야기들로 서촌에서의 생활은 흥미진진했다. 골목길 언덕에 역사 깊은 은행나무가 있는 곳, 지하철에서 걸어서 공방에 도착하기까지 멀지도 않고 오는 길목에 유명한 삼계탕 음식점이 있어 위치를 설명하기도 쉽다.

1층이라 여태 세 번의 작업 공간과는 달리 안이 훤히 들여다보여 처음엔 어색했지만 쇼룸으로 활용하기에 더할 나위 없다. 작아도 양모아트 공방으로 너무나 알맞은 곳이다.

#만들고 꾸미는 건 내 전공

뭐든 손으로 뚝딱뚝딱하는 걸 좋아해서 그런지 나만의 공간을 꾸미는 일은 늘 설렌다.

창업지원센터에서 사무실에 거주할 때부터 삭막한 사무실을 내 작업 분위기를 표현하고 싶었던 것 같다. 그래서 천으로 요리조리 책상을 꾸미며 나만의 자리를 세팅했다. 어느 한 부분만 꾸며 놓고 사진 하나를 찍더라도 내 공간의 색깔이 보이도록 하는 것이 무엇보다 중요했다. 그렇게 작게 내 공간을 가꾸는 것이 계동에 미튼을 자리 잡으며 본격적으로 시작되었다. 처음 구할 때부터 나무 바닥과 나무 벽, 2층 계단길이 다락방을 연상시켜 공방의 분위기를 다락방으로 잡았다.

제한된 비용으로 내 분위기에 맞는 인테리어를 해야 했기 때문에 공간을 직접 스케치하고 가구를 어떤 재료로 할지 참고 자료를 찾아보며 하나씩 인테리어 업체와 고민하며 공사를 진행했다.

어차피 보여지는 공간이 아니라 작업에 집중할 곳인데 인테리어에 큰 비용을 써야 할까 고민됐지만 하루 중 제일 오래 있어야 할 곳인데 이왕이면 기분 좋게 있고 싶은 마음이었다.

기존의 소재와 통일하여 가구들을 나무로 짰다. 막혀있는 개인 공간이 필요해 벽을 만들어 공간을 분리하고 그곳에 수납도 가득 할 수 있도록 천장과 책상 아래쪽으로 수납장을 만들었다. (곳곳에 필요한 재료들이 너무 노출되는 것을 어느 정도 감출 수 있기 때문에 수납장은 작업 공간에서 가장 중요하다.) 그리고 2층이긴 하지만 상권이 있는 동네라 지나가는 사람들이 호기심에 올라올 수 있도록 미튼의 감성을 담아 직접 제작한 입간판을 아래층에 설치했다.

외벽에 페인트를 칠하는 일이 의외로 큰일이었다. 밖에서 보았을 때 미튼의 느낌을 담고 싶었기 때문에 메인 컬러인 빨간색으로 창틀 라인에 칠을 해달라고 말씀드렸다. 다행인 건 아래층 계동커피의 메인 컬러가 그린 계열이었다. 우연찮게 레드와 그린 컬러가 대비되면서 확실하게 공방 입구도 잘 보였고 전체적으로 조화롭게 보일 수 있었다.

서촌에서 인테리어를 할 때는 4개월의 시간 여유가 있었기 때문에 바닥을 폐교마루로 깔겠다고 생각했다. 비용도 좀 아끼고자 폐교마루를 덜컥 주문했다. 셀프 인테리어를 좀 얼마나 해봤다고 너무 쉽게 생각한 것이다. 생각보다 마루를 까는 것은 고난도의 기술이었다. 주변에 친구들을 불러 몇 번의 시도 끝에 셀프 바닥공사는 무리란 걸 깨달았다. 예전에 계동 때 안면이 있던 인테리어 전문가에게 바닥부터 시공을 맡기기로 했다.

밖에서도 어떤 곳인지 한눈에 보이도록 갖가지 색상이 보이는 양모 수납장을 맞추고 선반을 몇 개 달고 개인 공간을 분리할 벽을 세우고, 수도 설비 있는 쪽도 나무로 다 짜맞추었다. 페인트칠과 가구칠은 직접 하기로 했다. 시간이 좀 걸리더라도 어차피 이사할 시간이 넉넉했으니 내가 할 수 있는 부분은 직접 해결하되 특별한 기술을 요하는 전기, 목공, 세면대 배관 등은 기술자를 찾아 공사했다. 조금이라도 비용을 아끼고 싶은 마음도 있었지만 내 마음에 드는 공간을 직접 꾸밀 수 있는 시간 자체가 나에겐 즐겁고 설레는 일이었다. 내 손때 묻은 공간에 애정이 가기도 하고 하나씩 만들어가는 재미도 있었다.

순차적으로 공사를 마무리하고 만든 인형들을 배치하고 보니 '큰 인형의 집을 꾸몄구나' 하는 생각이 들었다. 공방을 구석구석 꾸미면서 생긴 이야기가 있어서인지 따뜻함이 더해진 것 같다. 마치 안에 있는 모든 기운이 나를 향하고 내가 좋아하는 가구, 소품, 전등, 사소한 것 하나까지 맞춤형인 공간. 이 안에서 내가 행복한 기분이 드는 건 당연할 것이다.

나의 공방은 어디에서나 그렇듯 작지만 요술주머니처럼 필요한 게 다 나오기도 하고 트랜스포머처럼 그때마다 필요한 공간으로 탈바꿈한다. 작지만 구석구석 있을 건 다 있기 때문에 보물찾기처럼 발견하는 재미가 쏠쏠하다.

* 폐교 나무를 이용한 마룻바닥 공사와 입간판 페인트칠

* 마침내 세팅된 공방의 모습

#공방 이름의 시초

미튼Mitten은 단어 그대로 풀이하면 '벙어리장갑'이다. 전시 때나 인터뷰 때나 이름의 뜻을 궁금해하는 사람들이 많다.

이름을 짓는 일은 참 고민되고 어렵다. '미튼'이라는 이름도 사업자등록을 빨리 해야 하지 않았더라면 오랫동안 고민했을 텐데, 결과적으론 10분도 안돼 결정했다.

정부지원사업으로 급하게 사업계획서를 쓸 무렵 사업자등록증이 필요하다고 하여 등록에 필요한 이름을 선택하는 과정에서, 머릿속에 맴맴 도는 단어 몇 개 중 선택한 이름이 미튼이었다. 지원사업 아이템이 '어른을 위한 힐링동화 앱북'이었기 때문에 아이템 방향성과 연관성을 가지면 좋지 않을까 하는 생각에서 출발했다. '동심 속에서 힐링하다'라는 의미를 좀 더 귀엽게 표현하고 싶었는데, 벙어리장갑이란 단어가 개인적으론 추억과 따뜻함, 귀여움이 느껴지는 단어였다. 그런 감성과 따스함이 담긴 영상 그림책을 만들고 싶어 미튼이 탄생되었다.

여섯 살이 되던 때의 기억으로 처음 껴본 빨간 벙어리장갑은 양쪽이 서로 실로 이어져 목에 두르면 달랑거려 귀엽기도 하고 몸에 항상 지닐 수 있었다. 그래서인지 빨간색을 보면 따뜻한 느낌을 받는다. 미튼을 대표하는 이미지는 하얀 눈이 오는 날의 벙어리장갑으로,

* 나의 공방을 상징하는 빨간색

메인 컬러도 웜화이트와 레드다.

이름은 '혹시 나중에라도 맘이 바뀌면 수정하면 되지'라고 생각했지만 아직까지 상호로 잘 사용하고 있고, 나의 닉네임도 자연스럽게 '미튼 작가님, 미튼 샘, 미튼 대표님, 미튼 사장님'이 되었다. 그렇게 10년 이상 함께한 이름은 실명보다 나를 더 잘 설명해주고, 불려질 때마다 사람들과의 관계를 편안하게 만들어준다.

공방과 작품의 분위기와 콘셉트도 자연스럽게 미튼에 담긴 뜻을 펼쳐 '아이와 같은 마음을 간직한 어른'이다. 어느새 훌쩍 나이가 들었어도 그런 작품을 만들고 시간을 보낼 때면 늘 신이 난다. 말괄량이 삐삐, 빨간모자, 어린왕자 등 초기에 만들었던 캐릭터 인형 작품들도 그랬고 그 이후 작업도 어린시절 익숙한 이야기나 동경하고 꿈꾸던 이야기의 주인공을 인형으로 만들었다. 그러다 보니 나처럼 동심이 남아있는 사람들이 주로 나의 공방을 방문해주었다. 결과물의 방향은 달라도 모두 취향이 같은 사람들이라 의견이 잘 맞고 함께하는 수업이 즐거웠다.

내가 만든 인형과 공간 그리고 영상 외에도 관련된 콘텐츠들이 앞으로도 누군가의 위로가 되고 미튼을 떠올리면 입가에 잔잔한 미소가 지어지게 하고 싶다.

mitten

Mitten

#꿈을 현실로 만들다

그림책을 보면 마음이 편안하다. 글만 있는 이야기책도 좋지만 그림이 있어 마음에 여백이 생기기도 하고 다양한 방향으로 상상을 할 수 있어 언젠가부터 그림책을 수집했고 그림책 작가가 되어보고자 여러 강좌도 찾아 들었다.

애니메이션 단편을 기획하여 만들고 싶어 회사를 나오게 되었지만 먼저 책으로 이야기를 만들어보고 그 책을 바탕으로 애니메이션을 만들어도 좋겠다는 생각을 했다.

'처음부터 무리하지 않고 작은 것부터 시작해보자.'

지원사업을 통해 지원센터에 있다 보면 공유되는 여러 정보 중 창업 정보도 지속적으로 쉽게 얻을 수 있다는 장점이 있다. 혼자라서 더 서툰 1인 창업자들에게는 참 고마운 시스템이다. 그리고 입주센터에 있으면서 많은 청년 대표님들과 자연스럽게 교류가 이뤄졌고 내가 관심 있어 하는 아이템으로 사업을 하려는 대표님들과도 소통이 쉽게 이뤄졌다.

초기에 앱북을 만들고 싶었지만 여러 가지가 고민이 됐다. 그중에서도 내 책을 출판해줄 출판사를 찾을 수 있을지가 가장 고민이었다. 독립출판을 하는 작가들이 주변에 있어 그 방법을 생각해보기도 했지만, 우선은 입주센터에 개발자로 있는 대표님들과 방법을 논의

* 양모인형으로 제작한 앱북《비버와 빨간 장화》

* 《비버와 빨간 장화》의 표지와 인트로 화면

해보기도 했다. 그렇게 수소문하여 내 아이템에 관심이 있는 개발자분을 소개받고 앱북을 기획해 책을 만들기로 하고 문화콘텐츠지원사업에 도전했다.

사업기획서를 쓰고 1차 서류를 통과하고 2차 면접은 작업하고 있었던 인형들을 한가득 가져가 심사위원 앞에 두고 이야기를 펼쳤다. 떨리는 목소리로 양모 캐릭터의 장점과 이 캐릭터들로 만들어질 앱북 콘텐츠를 간절한 마음으로 발표했다.

지원사업은 항상 경쟁률이 높기 때문에 기대 반 경험 반으로 일단 해보자는 마음으로 문을 두드렸는데, 운 좋게 심사통과로 지원사업이 확정되어 또 한 번의 기회를 얻을 수 있었다. 이제는 좀 더 안정적으로 제작할 수 있다고 생각하니 마음이 놓였다. 그렇게 협업할 대표님과 논의하여 프로젝트를 시작하게 되었다. 1인 시스템으로 직원은 없었지만 디자인학교 학생들 중 실습인턴을 채용하여 부족한 인력을 채우고, 전문가가 필요한 부분은 외주를 주었다.

계획된 일이 순조롭게 진행되는 것이 어찌 보면 이상한 일이 수도 있다. 모든 일을 사람들과 함께 진행해야 했기에 혼자 잘한다고 순조롭게 풀리진 않았다. 외주는 각자의 공간에서 일을 하니 아무래도 완성도가 제각각일 수밖에 없었다. 사업기간이 정해져 있어 처음 기획과는 달리 조금 부족한 채로 완성되었지만, 지원사업을 잘 마무리했다는 것을 위안 삼아 다음 기회를 보기로 했다.

이 프로젝트는 지금까지 직원으로서 주어진 업무만 하다 기획부터 모든 걸 내가 중심이 되어 조율하며 일을 완성해나가는 작업이라 큰 공부가 되었다.

지원사업이 끝나고 1년 후 앱 전문 그림책을 만드는 업체 대표님을 도서 전시회에서 만나게 되었다. 난 마음먹고 그 대표님께 전에 만든 작업들의 이미지를 보여주며 대표님 출판사에서 출판을 할 수 있을지 조심스럽게 의향을 여쭤봤다. 대표님이 바로 긍정적인 답을 주셔서 앱북을 새로 기획하여 계약한 후 출시할 수 있었다. 그렇게 나온 앱북이 놀이그림책《비버와 빨간 장화》다. 판매 수익은 좋지 않았지만 처음 생각했던 앱북을 출시할 수 있는 것만으로도 만족스러웠다.

출시하고 1년 정도 지난 어느 날, 출판사 대표님으로부터 뜻밖의 소식을 듣게 되었다. '2014 대한민국 전자출판대상'에《비버와 빨간

* '2014년 대한민국 전자출판대상'에서 전자책 부문 대상을 받은《비버와 빨간 장화》

장화》를 출품했는데, 은상도 금상도 아닌 대상을 받아 무려 2000만 원의 상금까지 받게 된 것이다. 그렇게 큰 상을 받는 것도 기뻤지만 끝까지 이 프로젝트를 놓지 않고 좋은 결과를 얻게 되어 너무도 뿌듯했다.

이렇게 해볼 수 있을 때까지 부딪히면 예기치 못한 결과도 따라올 수 있다는 걸 값진 경험으로 배웠고, 큰 용기와 자신감도 부상으로 받을 수 있었다.

#고정 수익은 어떻게 만들까

동화 앱북의 수익은 업데이트가 되고서 초기에 조금 낸 뒤부턴 거의 올리지 못했다. 그 후 동화 콘텐츠 작업과 광고 캐릭터 제작을 외주로 받아서 했다. 뜨문뜨문 들어오긴 했지만 광고회사와의 작업이 제작단가가 높았기 때문에 한동안은 주문을 받으면서 작업 활동을 할 수 있었다.

외주 일로 수입이 어느 정도 되긴 했지만 차츰 고정적인 수익을 만들어야 한다고 생각했다. 그래서 인형, 캐릭터 관련 전시, 디자인 전시 등 다양한 페어에 참가하며 내 아이템이 어느 쪽에서 더 반응이 있는지 보기로 했다. 페어를 참가하며 상품도 판매했는데, 반응은 좋았지만 작업 시간이 오래 걸려 가격 수요의 벽이 높았다. 쉽게 팔 수 있는 상품군을 만들 수도 있었지만 교육에 대한 문의가 많았고 나와 함께할 사람들을 만들고자 교육 강좌를 열어보기로 했다.

나는 체계적으로 양모공예 수업을 받은 적은 없다. 다만 직장생활을 할 때 디자인과 애니메이션 인형 제작을 하며 쌓아온 커리어를 양모공예에 접목시켜 클래스에서 그 노하우를 전달해보고자 했다. 교육도 해봐야지만 나에게 맞는 일인지 알 수 있기 때문에 일단 예전에 몇 번 체험해본 기억을 살려 다시 커리큘럼을 짜보았다. 단계별로 구분 지어 기술적인 난이도를 나누고 내가 직접 만들었을 때

* 외주로 한 다양한 캐릭터 제작

* 제법 분위기가 진지한 소수정예 클래스 시간

필요한 부분들을 수업 과정에 넣었다. 순차적으로 기술을 배우도록 초급, 중급, 고급 과정으로 나누고 거기서 소품, 동물, 인형 등 모든 과정을 이수하면 어떤 캐릭터라도 혼자 충분히 만들 수 있도록 커리큘럼을 짰다.

공간상 소수인원 정예로 예약제 클래스를 시작해보기로 하고 블로그에 공지하여 오픈했다. 생각보다 인원은 금방 찼고 주중에 이틀, 주말 이틀 총 4일 동안 클래스를 하고 남은 시간은 개인적인 일이나 다른 일을 진행했다. 그렇게 하다 보니 자연스럽게 고정 수입이 생겼다. 5월이나 12월은 페어나 플리마켓에 정기적으로 참가하여 직접 상품을 판매하거나 브랜드를 알리는 시간을 가졌다. 끊임없이 활동을 하며 관심을 갖는 분들을 위해 모집을 해야 했기에 주간 계획, 월간 계획 등 수업과 판매가 유지되도록 아이템 개발과 활동을 멈추지 않았다.

초반에는 오히려 기업 강의와 백화점 VIP고객을 대상으로 하는 강좌로 연결이 되기도 해 넓은 강당에서 많은 사람을 가르치는 교육도 했다. 그때는 교육에 대한 노하우나 수업 아이템 준비가 부족한 시기라 사람을 써서 진행해 수익보다 나가는 지출도 많았기에 이후로는 그것을 개선할 방법을 찾아봤다.

그러기 위해 계속 현실감각을 가지려면 소비자인 수강생들과의 소통이 중요했다. 공방은 당연히 기술을 배우는 곳이지만 정보를 얻는 소통의 장소이기도 하다. 수업을 받으러 오는 사람들은 기술을 배우러 공방에 오긴 했지만 나는 반대로 그들의 의견과 여러 가지 정보를 얻는 경우가 많다.

그들은 나와 취향도 분위기도 비슷하다. 사람들의 이야기를 귀담아들으면, 그들이 어떤 것에 관심을 갖고 무엇을 배우고 싶은지, 어떤 생각을 하는지 자연스럽게 파악할 수 있다. 그것들을 하나씩 채워가며 일을 만들고 계획하다 보면 새로운 아이디어도 많이 생겨난다.

교육을 하며 내게 가르치는 잠재력이 있다는 걸 발견했고, 강좌는 안정적인 수익 구조로 자리 잡았다.

* 백화점 VIP고객을 대상으로 했던 양모아트 강의

* 수강생들과 정기적으로 같이 참여하는 페어

#미튼, 영화에 출연하다!

양모로 인형을 만드는 일을 주로 하지만, 직장생활을 하면서 다양한 재료들을 다뤄봤기 때문에 외주 일이 들어오면 뭐든 주저 없이 해 봤다.

한 백화점 본사와 전국 각 매장에 디스플레이했던 대형 입술 쿠션은 입찰을 받아 제작한 빅 프로젝트였다. 사실 대형 작업을 할 공간이 마땅치 않아 근처 친구 사무실을 빌려 일해야 했다. 100개가 넘는 대형 입술은 무려 가로 폭이 2미터 정도 됐는데, 큰 작업에 노하우가 없었던 때라 시행착오를 수없이 겪으며 납품한 일은 지금 생각해도 아찔하다. 작은 사이즈는 봉제공장에 맡겼지만 대형 사이즈는 직접 양모를 넣어보고 이런저런 방법들을 총동원하여 형태를 예쁘게 잡을 수 있었다. 천장에 매달아 세팅하는 과정에서 난관을 겪었지만 결과적으로 잘 마무리했다.

그 일을 한 달 안에 마무리하니 온몸에 근육통과 누적된 피로가 몰려왔다. 하지만 이후에도 백화점과의 인연으로 광고와 소품 제작 일들을 할 수 있었다.

큰 작품을 몇 번 진행하며 광고회사와 인연을 맺으니 또 다른 부서와도 연결되어 소품을 만드는 외주 작업이 종종 들어왔고 현장으로 나가서 작업하기도 했다.

부드러운 양모의 느낌 때문에 상품과 이미지가 맞아 위생용품 캐릭터 제작 일이 들어왔는데, 애니메이션이 필요한 생각보다 큰 프로젝트였다. 회사를 그만둔 후로 애니메이션 파트를 혼자서 감당하기에는 경험이 많이 부족하다고 생각해 이전 회사 실장님께 그 부분은 부탁드렸다. 독립하며 직접적으로 나를 성장하게 만들어준 실장님과 프로젝트를 할 수 있다는 마음에 가슴이 뭉클했고 무엇보다 오랜만의 촬영 세트장 나들이로 무척 설레고 긴장됐다.

이전에 KBS방송국 프로젝트 때도 그랬지만 현장에서 많은 스태프와 작업하는 일은 좀 설레기도 하고 그 분위기에서 인형을 세팅하고 액팅을 하는 현장감은 작업의 또 다른 매력이다.

그런 후에 우연히 독립영화에 미튼 공방을 모티브로 인형들이 소품에 쓰이기도 했다. 영화가 따뜻한 내용을 담고 있어 미튼의 인형

* 위생용품 광고를 위한 캐릭터 제작

들을 꼭 쓰고 싶다고 감독님이 공방으로 찾아와주신 것이다. 제목은 〈완전 소중한 사랑〉으로, 인형 공방에서 인형을 만들고 감정을 전달하는 내용이 있어 딱 미튼의 인형들과 분위기가 맞다고 감독님이 직접 시나리오를 전해주셨다. 감독님은 미튼 공방을 모델로 삼아 분위기를 연출하길 원하셨고 배우들은 직접 공방 수업에 참여하며 양모 공예에 대해 여러 이야기를 나눴다. 그때 만난 배우 중 밴드 보컬도 하는 예일이와는 지금도 친한 언니동생으로 지내니 작업이 좋은 인연을 만들어준 셈이다.

실제 미술 소품과 현장 세팅에 참여하며 촬영장의 현장감을 직접 옆에서 느낄 수 있어 무척 두근거렸다. 무엇보다 미튼을 모티브로 재현하여 연출했다는 것이 너무도 신기했고 촬영이 끝나고 시사회와 뒤풀이에도 초대되어 스태프들과 영화 뒷이야기를 하며 다시 한

* 상품 캐릭터로 제작했던 팬더와 새우

* 영화와 애니메이션에 쓰일 인형 제작과 촬영 모습

번 현장감을 느꼈던 시간이었다.

짧은 애니메이션 영상을 만들기도 했는데 편집으로 나오지 않게 되었지만 제작에 직접 참여할 수 있어 즐거웠다.

공방의 삶은 이렇게 내가 좋아하는 작업을 해볼 수 있는 기회를 종종 안겨줘, 작가로서의 도전 욕구를 자극한다.

#공방의 현실과 꿈

정기적인 취미반 수업 모집을 하고부터 어느 정도 기본 수강생들의 방문이 지속되면 모든 게 안정적이고 하고 싶은 것을 할 시간이 있을 줄 알았는데, 고정 수입이 생기고 외주일이 중간중간 있다 보니 작업과 수업 준비로 바쁜 일주일이 반복되었다.

좋아하는 일을 하고 싶어 시작했지만 점점 현실적으로 해결하고 타협해가면서 일에 끌려가는 경우가 생긴다. 그럴 때마다 그 안에서 내가 하고 싶은 작업 그리고 다른 작가와의 협업 등의 새 작업을 통해 내 방향성을 확인하며 '이 작업을 해야만 하는 이유'를 만들어 새로운 시도를 했다.

프로젝트로 한 번도 해보지 않은 제안이 들어오면 주저 없이 '예스'라고 흔쾌히 수락하고 작업을 완성해나가며 새로운 부분을 발견해가는 재미를 느낀다. 꼭 수익을 위해 하는 일들이 아니라 그냥 작업 자체가 좋아서 고민하고 만드는, 진정으로 푹 빠질 수 있는 나를 위한 시간을 가지려 했다. 그렇게 기획하고 만든 일들은 새로운 포트폴리오가 될 수도 있고, 그런 시도는 내가 아직 열정과 흥미를 갖고 있는지 확인하는 계기도 된다.

공방은 꼭 만들고 판매만 한다고 운영이 잘 되는 건 아닌 것 같다. 나에게 맞는 판로를 찾아 움직이며 재밌게 일을 만들면서 해야 한다

* 백화점 '디자이너 아트돌' 전시 참여

* 일러스트 작가들과의 협업

고 생각했다.

현실에 이끌려 지내다 보면 나도 모르게 일에 시달리며 답답할 때가 오기도 한다. 그래서 시야를 넓히고 시장을 다양하게 보기 위해 주기적으로 해외 전시도 참여했다. 아는 작가들과 팀을 꾸리고 준비하며 국가대표선수처럼 계획했다. 해외 전시는 여러 가지로 신경 써야 할 것이 많아 팀으로 가면 서로 도움을 주고받을 수 있다. 코로나 전만 해도 일부러 1~2년에 한 번 정도는 그런 시간을 가지며 다른 영역의 가능성을 열어봤는데, 주로 가까운 일본이나 대만 정도의 전시 겸 공방 탐방을 갔다. 새로운 문화와 장소에서 다양한 경험을 하며 내가 공방을 하고 있는 현실을 객관적인 시각으로 보게 돼 도움이 될 때가 많다.

여행 중에 나를 위해 체크하는 문구를 적으며 지금의 나를 보는 시간을 갖기도 한다. 머리로만 생각할 때보다 직접 손으로 적어보면 더 객관적으로 나의 상태나 내가 원하는 모습을 구체적으로 그려볼 수 있다.

* 일본, 대만, 상하이 전시에 참가한 미튼의 인형들

#행운에 대처하는 방법

서촌에는 작은 공간이지만 자기만의 스타일과 이야기를 담아 운영하는 사람이 많다. 그중 오가며 알게 된 이웃도 있고, 미튼 공방의 아기자기함을 좋아하는 사람들이 종종 들러 인사를 나누다 친해지기도 한다.

어느 날 우연히 강아지를 안고 지나가던 분이 미니어처 강아지 인형을 보곤 주문제작이 가능한지 물어왔다. 가방 안에는 귀를 쫑긋한 푸들이 초롱초롱한 눈으로 나를 쳐다봤다. 견주는 근처에서 강아지 용품을 만들어서 판매하는데, 알고 보니 그 분야의 셀럽이었다.

책까지 출간하다 보니 일이 많기도 한 때라 전시가 끝나고 나서야 푸들 카누의 미니어처 인형을 만들어드렸다. 마음에 드셨는지 지인들에게 소개해주셨는데 그들도 대부분 인스타그램(이하 인스타) 셀럽이었다. 연락온 순서대로 예약을 받으며 한 번에 열 건의 예약을 받게 되었다.

2년 전 일본 공방 주최로 전시에 참여했을 때 일이다. 일본에서는 이미 양모로 만든 반려동물 작품이 많았다. '일본은 좀 더 디테일한 작업들을 많이 하는구나' 생각한 지 불과 몇 년이 안됐는데 국내에도 차츰 생겨났다. 나도 말티즈 모찌를 키우고 있던 때라 견주의 마음을 충분히 알았지만 반려견을 리얼하게 묘사하는 인형을 만들 생

각은 해본 적이 없었다. 그러나 한 번에 많은 주문이 들어오면서 새로운 이야기가 시작되었다. 인생은 그렇게 생각지도 못한 곳으로 흘러가곤 한다.

어느 날 카누 미니어처의 항공샷이 인스타에서 화제가 되어 주문이 폭주했다. 그때까지 강의로 주된 수익을 내던 내게 또 다른 판로가 열린 것이다. 점점 팔로우가 늘고 하루 주문 문의만 몇 백 건씩 들어와 업무에 지장이 있을 정도였다. 좀 이상하다 싶을 정도의 반응과 관심이 한꺼번에 쏟아졌다. 지방에서도 찾아오고 해외에서 외국인들도 연락해올 정도였으니 말이다.

나는 따로 마케팅을 하거나 홍보할 겨를이 없었는데 운이 좋게도 한 연예인이자 셀럽이 직접 연락해와 인스타로 리그램하며 더 많은 주문을 받을 수 있었다. 게다가 첫 주문한 카누맘의 지인들이 해외

* 반려견 모찌와 미니어처

팔로워가 많은 셀럽들이라 자연스럽게 인형 후기를 여러 번 올리면서 해외에서도 문의가 끊이지 않았다.

한 외국인은 한국에 있는 지인한테 부탁을 해서 주문할 정도로 열의를 보여주며 자신의 강아지 미니어처를 몇 가지 스타일로 주문하기도 했다. 그렇게 외국에서 주문을 받으면서 이 작업을 해외에서 본격적인 사업으로 할 수 있을지를 고민해보기도 했다. 일단 미니어처 제작은 공장에서 찍어져 나오는 상품이 아니기에 교육으로 양성하고 수익을 창출할 수 있도록 강아지 커스텀 커리큘럼을 만들고 클래스를 개설했다. 수요에 비해 공급이 어려워 교육생들과 작업을 분담했지만, 여러 곳으로부터 협업 제안을 받고 제작뿐 아니라 사업 제안으로 공방을 찾아오는 사람도 늘어났다.

반응이 좋고 수익이 많이 발생되는 건 잘된 일이었지만 더불어 스

* 인스타에서 화제가 된 카누 미니어처의 항공샷

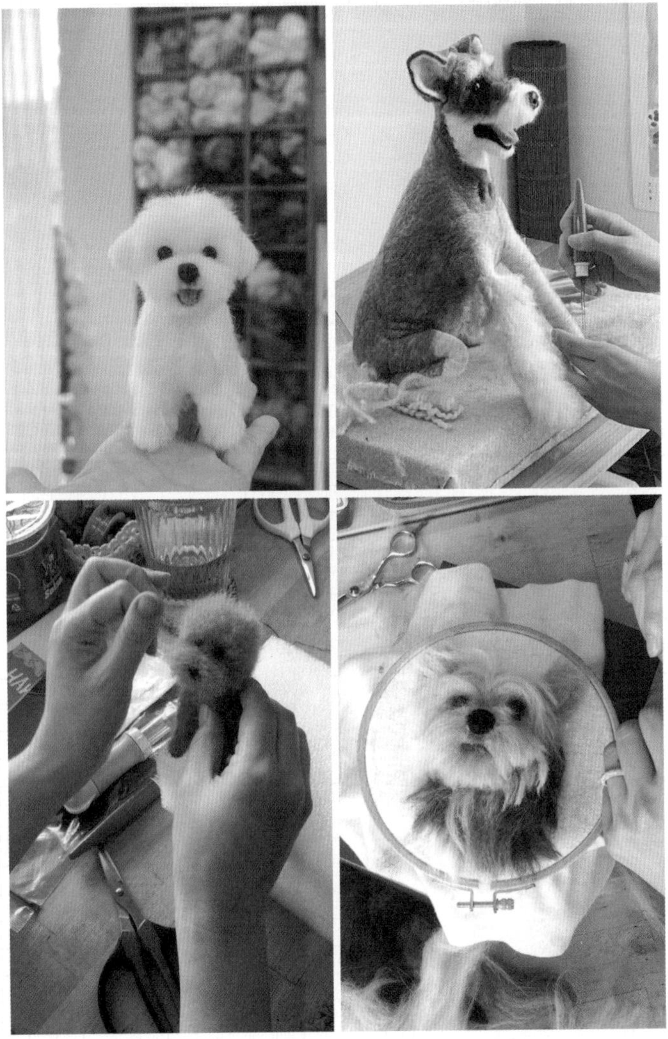

* 강아지 전문가반 수강생들의 작품들

트레스도 많아졌다. 주문량을 소화해야 하는 부담감과 고객 응대 또한 쉽지 않았고 힘들게 하는 손님도 많았다. 점점 많아지는 작업은 손가락과 손목에 무리를 주었고 예약주문 때문에 그간 진행하던 작업 일정을 잡기도 쉽지 않았다. 너무도 감사했지만 주문제작으로 몰리는 일이 점점 힘들어졌다. 급기야 혼자 감당하긴 어려워 교육생과 분담하며 마무리를 해갔지만 나에게 수익을 많이 주는 만큼 이상하게도 마음은 가지 않았다.

고객 중 대다수는 별이 된 강아지의 미니어처를 주문하는 경우가 많았는데, 작품을 보며 눈물을 글썽이기도 하고 너무 좋아하는 모습을 보면 그 자체로 나도 힐링이 됐다. 평생을 함께 하고 싶은 반려견을 먼저 보내고 슬픔을 치유하고 싶은 마음이 강하게 전달된 것이다. 내가 고객에게 해주는 일이 얼마나 큰 위로가 될 수 있는지 또 다른 의미를 느끼며, 힘들다고 생각했던 마음이 조금씩 달라졌다. 더 정성을 다해 시간과 마음을 기울였다. 더 집중할 수 있도록 수량을 정해 예약을 받아 이전처럼 많은 주문을 무리하며 받지 않았다.

내가 원하든 원치 않든 상황이 잘 맞아 떨어져 분명 좋은 일이 될 수도 있지만, 그 안에서 확실한 기준과 방향을 잡지 않으면 과정을 즐기지 못하게 된단 걸 알게 됐다.

#온라인 클래스를 런칭하다

첫 책《처음 양모인형》을 출간한 후, 그 안에 나오는 인형을 만들 수 있는 키트에 대한 문의가 많았다. 직접 공방으로 재료를 사러 오는 경우도 있었는데, 생각보다 재료를 찾는 사람이 많을 거란 걸 미처 감안하지 못한 터였다.

사실 책을 준비하며 키트를 만들 정도의 시간이 여유롭지 않아 당시에는 원고에만 집중했다. 아쉬움을 남기긴 했지만 또 내게 할 일을 남겨준 셈이다. 어차피 공방에서 수업을 하고 있었으니 차차 준비하면 되는 일이었다. 그러다 얼마 후 온라인 클래스를 열어보자는 제의가 'CLASS 101'이라는 플랫폼으로부터 들어왔다.

* 'CLASS 101'에서 수업한 인형

지금은 너무나 유명한 앱이지만, 당시만 해도 'CLASS 101'은 콘텐츠를 쌓아 올리던 초기 단계였다.

일단 안 해본 분야이니 부딪혀보고 싶은 생각이 먼저 들었다. 또 한 번의 모험을 즐길 마음을 먹고 영상편집을 할 사람을 구하기로 했다. 마침 그 분야를 공부하는 수강생이 있어 편집을 맡기고 촬영은 내가 하는 방식으로 몇 가지 강의 아이템을 정해 제작할 수 있었다. 솔직히 영상으로 과정을 보며 따라 할 수 있을지 어떤 부분까지 설명을 해야 할지 고민이 됐다. 어렵다고 느끼지 않도록 최대한 쉽게 풀어 상세하게 설명하고 촬영했다.

햇빛이 드는 오후 반나절, 만들기 촬영을 한 후 편집을 할 수 있도록 원본 파일과 설명 대본을 써서 함께 보내주면 어느 정도 내 할 일은 끝나는 셈이었다. 긴 작업 시간이었지만 드디어 편집이 끝나고 온라인 클래스 런칭 날이 왔다. 사전홍보를 통해 수강할 인원을 모집한 상태라 1차로 모집된 인원만큼 미리 키트를 만들어 한 번에 배송을 하는 방식이었다. 첫 배송으로 키트 100개 정도가 발송되었고, 뒤이어 '하루 종일 껴안고 싶은 양모인형'이라는 타이틀로 클래스가 오픈되었다.

클래스를 결제한 고객은 지방 사람이 많았다. 내 수업을 듣고 싶었지만 거리 때문에 혹은 시간 때문에 어려웠던 사람들이 신청한 것 같다. 'CLASS 101'은 전략적인 온라인 마케팅을 많이 했는데 그 홍보 덕분에 미튼 공방을 알게 되어 직접 찾아온 사람들도 꽤 많았다.

주저하지 않고 시도했던 일들이 하나씩 연결되어 어떤 식으로든 공방을 홍보하는 역할이 되어주는 것 같다. 그 이후로도 지금 당장

* 'CLASS 101' 수업을 위한 준비와 촬영

큰 수익이 나지 않더라도 새로운 일을 시도하는 것에 게을리하지 않기로 했다.

요즘은 '아이디어스'나 '솜씨당', 'CLASS 101', '유튜브' 등 다방면의 온라인 플랫폼을 잘만 활용하면 큰돈 들이지 않고도 지속적인 홍보까지 곁들여 할 수 있는 길이 열려 있는 것 같다. 지금도 한 달에 적지만 두세 건 정도 주문이 들어오고 있으니, 아직까지 찾는 사람이 있다는 게 신기할 뿐이다.

#공방을 하려는 이유

미튼 공방이 잡지나 신문, 기타 유튜브 채널에선 크게 이슈화되진 않았지만 TV에서는 소소하게 소개된 적이 있다. 생방송으로 '금손'이라는 타이틀로 이야기하는 코너인데 출연 제안이 들어온 것이다. 공중파면 그래도 해볼 만하겠다고 생각했다. 얼굴이 노출되는 일이 그다지 부담되지도 않았고 내 작업을 소개할 수 있는 기회라면 돈 주고도 하는 홍보 기회를 마다할 이유가 없었다.

촬영이 순조롭게 진행되었고 마무리를 하고 집으로 돌아간 후 담당 PD님 요청으로 추가 인터뷰를 진행했다. 평균 수익에 대한 이야기였는데 사전에 없는 질문으로 조금 당황스럽긴 해도 솔직하게 답을 드렸다. 방송 날이 되어 생방송으로 5분 정도 소개되었다. 아니나 다를까, 마지막 수익 부분 이야기 중심으로 편집되어 평균적으로 이야기한 수익이 고정 수입처럼 비쳐 고수익 여성창업이라는 이미지가 되어버린 것이다. 그렇게 방송이 나간 후 공방 창업을 희망하는 사람들의 전화 문의와 상담이 물밀듯이 들어왔다.

관심을 갖고 연락을 해준 건 좋았지만, 전문과정을 마친 후 창업하고 나서의 수익에 대한 문의가 많았다. 이 일을 좋아하고 계속해서 작업에 대한 열정을 만들 수 있다면 수익을 올리고 창업을 해도 좋은 일이지만, 너무 수익만 보고 관심을 두는 사람들에게는 이 일

을 권장하고 싶지 않다. 물론 사람마다 목적과 방향이 다를 수 있으니 공방으로 많은 돈을 벌 수도 있을 것이다. 하지만 나의 경우는 개인 작업을 하기 위해 공방을 시작했기 때문에 목표와 방향이 달랐고, 상황과 운이 따라서 어느 때는 많이 벌고 그렇지 않을 때도 있다. 꾸준히 나의 일을 묵묵히 하다 보니 크고 작은 기회가 언제나 왔고 그 선택은 나의 몫이었다. 그래서 언젠가부터 '일이 없으면 어쩌지?'라던지 '일이 너무 많아 힘드네?'라는 푸념은 하지 않게 됐다. 그래서 난 더 즐겁게 할 수 있는 것을 찾아 꾸준히 하는 것이 무엇보다 중요했고 방송으로 '큰 수익을 목표로 즐겁게 일할 수 있습니다'라고 소개된 것이 내내 불편했다.

그런 일로 마음이 어수선할 때쯤 코로나19로 세계적인 팬데믹 시기가 찾아왔다. 다행인지 불행인지 문의와 상담의 열기는 확 식어버렸다. 뜬구름같이 들뜬 마음들은 한순간 다 가라앉아버렸다.

#오지 못하면 찾아가보자

코로나가 생각보다 오래 지속되던 때 많은 게 달라졌었다. 지나가는 사람도 볼 수 없었고, 모여서 수업을 하는 것조차 허용되지 않았다. 전시, 행사 등 많은 사람이 모이는 일이 앞으로도 계속 불가능할 것만 같았다.

오프라인에서 사람들을 만날 수 없으니 온라인 방송이나 줌으로 수업을 했고, 비대면 강의 영상들을 보면서 더 효과적으로 수업하는 방법을 고민했다.

그리고 한동안 너무 바빴던 터라 개인 시간을 가지며 미튼의 유튜브 채널에 올릴 콘텐츠 만들기에 집중해보기로 했다. 편집을 공부하며 영상으로 찍을 만한 아이템들을 모색해보았다. 대체로 유튜브는 많은 사람이 기대하며 시도하지만 당장 수익을 보는 게 아니라서 지속하는 경우가 많지 않은 것 같다. 내 경우도 그랬다. 영상 편집을 하거나 콘텐츠를 만드는 게 재미는 있었지만, 시간이 많이 소요되다 보니 이것만 하다가는 공방 문을 닫게 될 것 같았다.

언제나 그렇듯 위기에 처해도 방법은 있다 했다. 그 시기에 그래도 사람들이 갈 수 있고 소비할 곳은 있기 마련이다. 평소 친하게 지내던 작가님이 백화점에서 아이들 수업을 해보라며 기획사를 소개해주었다. 그 기획사 갤러리는 핸드메이드 공예 작가들을

양모
공예

니들펠트 푸들 브로치 만들기

강사 이민종

* 코로나 시기 집중했던 온라인 비대면 수업과 줌클래스, 유튜브 콘텐츠 제작

모아 백화점에 팝업 매장으로, '키즈클래스' 코너를 운영하며 판매도 할 수 있게 연결해주었다. 그나마 백화점은 코로나 규제가 엄격해도 사람들이 찾아오는 곳이었다. 내가 갔던 백화점은 2층에 체험을 할 수 있는 공방 매장을 꾸며놨는데 그 한쪽에 키즈 코너가 있었다. 엄마들이 쇼핑을 하며 아이들도 잠시 놀 수 있는 곳을 만들어 놓아 주말이나 이벤트가 있는 날은 아이들 손님이 많은 곳이라고 했다.

그간 미튼의 클래스는 바늘을 사용하기 때문에 아이들에게는 위험할 수 있어 성인 대상으로만 진행했었다. 자리가 키즈 코너지만 성인 수업도 할 수 있다기에 일단은 하는 게 도움되겠다 생각했다. 매장 안에 큰 인형들을 배치해 눈에 확 들어올 수 있게 했고, 연령별로 난이도를 나눠 아이들도 쉽게 만들 수 있는 커리큘럼을 짰다.

일단 평일 한 타임 정도 일정이 주어졌고 반응이 좋으면 주말 수업도 해보자고 기획사에서 의견을 주셨다. 아직 방학이 아니라 생각대로 평일에는 종일 자리에 앉아 손님이 오길 기다려야 했다. 그나마 직원 식당에서 식사를 할 수 있어 나름 새로운 환경이 재미있었다. 틈틈이 백화점을 둘러보며 다른 상점은 디스플레이를 어떻게 하는지 상품을 어떻게 구성하는지 조사하며 나한테도 적용할 수 있는 부분들을 참고했다.

그렇게 몇 주를 보내고 만난 첫 꼬마 손님은 만 3세의 여자아이였다. 아이는 부드러운 촉감을 즐기며 양모 놀이를 했다. 짧은 시간을 함께 했는데 아이의 얼굴을 보며 처음 걱정과는 달리 왠지 흥미로워졌다. 일주일이 지나자 예약 문의가 오기 시작했고 마침 겨울 방학이 시작된 때라 주말 수업을 할 수 있냐고 기획사에서 연락이 왔다. 흔쾌히 수락한 후, 드디어 아이들을 대상으로 한 수업이 시작되었다. 긴장되기도 하고 바늘을 사용하기 때문에 여러 가지로 주의를 기울여야 했다.

코로나로 어디 마음 놓고 갈 수도 없고 친구들을 만나기도 어려웠던 상황에 백화점에서의 이런 이벤트는 부모와 아이들의 마음을 채워주기에 딱이었다. 매장이 항상 열려있어서 내가 자리를 지키지 않더라도 고객 응대나 작품을 팔 수도 있었다.

생각보다 아이들 반응은 폭발적이었다. 특히 여자아이들은 눈을 떼지 못했다. 그리고 한 번 온 친구들이 계속 오는 편이라 만남이 늘어날수록 점점 친해져 아이들과 보내는 시간이 즐거웠다. 생각보다 나는 아이들하고 코드가 잘 맞았던 것이다. 동심 때문인지 요즘 만들기가 대세여서인지는 알 수 없지만 인기가 있어 매출도 점점 올라갔고, 손님들이 진열된 작품을 구매하기도 했다. 백화점은 내 상품과 작품을 팔기에 안성맞춤이었다.

전에는 생각지도 못했던, 백화점과 아이들을 만나며 새로운 판로와 고객의 니즈를 알 수 있는 시간이었다.

#나만의 키트를 개발하다

양모인형의 가장 큰 특징이자 장점은 직접 손으로 만들어서 세상에 하나밖에 없는 모양이라는 점이다. 이런 '핸드메이드'는 당연히 대량 생산하여 상품화하는 데 큰 어려움이 있다. 그래서 지속적인 수익을 내려면 어떻게 해야 할지 차츰 고민이 됐다. 봉제인형이면 공장에 맡길 수 있었지만 양모인형은 재료와 작업 특성상 불가능했고, 인건비가 비싸서 가내수공업으로 맡길 곳도 찾을 수 없었다.

백화점에 있으면서 많이 아이들이 양모공예에 관심을 갖고 좋아하는 모습을 보니, 아이들이 더 쉽고 부담 없이 즐길 수 있는 형태로 제공하고 싶다는 생각이 절실하게 들었다. 그래서 만들어낸 게 양모인형 키트인 '울콘Woolcon'이다.

물론 시중에 양모키트 상품이 아예 없는 것은 아니었다. 중국에서 들어온 저렴한 키트 상품들이 종종 있었지만, 아이들이 쉽게 즐기기에는 어려워서 키트를 사고도 완성을 못하는 친구들이 많았다. 백화점에서 아이들과 수업을 하다 보니 직접적인 문제점과 아이들이 원하는 것들을 더 체크할 수 있었다.

나는 '기회는 매번 찾아오고, 그 기회는 준비된 사람에게 간다'고 믿고 있다. 몇 년 전부터 고민했던 그때, 기회가 왔다. 전시기획사 대표님이 어린이 대상으로 여름방학 두 달에 걸친 큰 전시에 참여를 제안해주셨다. 그전에 꼭 키트 상품을 제대로 만들어 전시에서 어떤 느낌인지 확인하고 싶었다. 마음먹으면 언제나 길이 열리듯 생각지도 않은 곳에서 키트를 만들 수 있는 공장을 발견하게 되었다. 디자인을 보내고 몇 차례 시행착오를 겪었지만 일이 매끄럽게 진행되어가는 느낌이 들었다. 시간이 조금 부족해서 대체할 키트를 만들어 일단 1차 전시에서 판매를 하며 반응을 보기 시작했다. 마침 다른 전시관에서 유명한 그림책 작가님의 전시가 있어 방학 내내 아이들의 발길이 끊이지 않았다. 반응은 뜨거웠다. 특히 주말에는 아이들이 그냥 지나치지 않고 키트 체험에 참여하려고 줄을 섰다.

뒤늦게 울콘이 공장에서 제작되어 들어오면서부터 아이들의 참여도가 올라갔고 '렛츠 아트 플레이 전시'로 이어져 넉 달에 걸쳐 진행됐다. 3세부터 미취학아동까지 엄마 아빠와 함께 전시를 보러왔다. 어린 친구들은 혼자 체험이 어려워 부모와 함께 하는 시간을 가졌고, 온가족이 머리를 맞대어 즐겁게 양모인형을 만드는 모습을 보니 몸은 힘들었지만 마음이 훈훈하고 여러 가지 생각이 교차했다. 너무 감사하게도 기획한 상품과 프로그램이 잘 마무리되며 짧은 시간에 큰 수익을 올렸다.

내가 믿고 있던 것들에 대해 확인도 받고 크게 보상까지 받을 수 있던 감사한 시간이었다. 그렇게 런칭한 키트 상품으로 세계적인 일러스트레이터 세르주 블로크Serge Bloch 작가님의 기획전을 협업하여 아트상품을 만들고, 지금도 예술의전당 '1101 어린이라운지' 아트숍 코너에서 아이들의 사랑을 듬뿍 받고 있다. 앞으로도 울콘으로 어떻게 더 많은 아이들에게 즐거움을 줄 수 있을지 행복한 고민 중이다.

* 어린이도 쉽게 양모공예를 접할 수 있도록 개발한 울콘 키트

* 아이들이 울콘 키트로 만든 작품

* 세르주 블로크 작가님과 협업해서 만든 콜라보 굿즈

Page 3.

물칠수록

단단해지는

#공방 덕분에 만난 이웃들 #덕후라서 통했던 미튼 패밀리
#우리는 달달한 창업 동기생 #핑크 화장실벽의 효과
#겨울 공방은 간식 맛집 #사랑도 이긴 공방 #앤서니 브라운을 만나다
#때론 자극이 되는 이웃 작가들 #공방의 마스코트
#아픈 이별은 더 큰 사랑을 싣고 #네버엔딩 공방일지

#공방 덕분에 만난 이웃들

처음 공방을 오픈하고 아무도 모르는 동네에서 심심하게 지내던 중, 1층의 '계동커피'는 내게 큰 위안이 되었다. 사장님들이 나와 나이대가 비슷했고 그들도 공예 작업을 하다 보니 쉽게 가까워질 수 있었다. 식사를 혼자 하기 애매할 때는 곧잘 함께 라면을 끓여 먹거나 저녁이면 치맥을 먹기도 했다.

근처 상점의 작가 겸 사장님들은 어딘지 모르게 서로 분위기가 비슷하다. 평소에는 각자의 개성대로 가게를 꾸려나가지만 어려울 때는 서로 조언을 주고받는다.

계동길에서 가장 오래된 목욕탕이 있던 곳 건너편에 '문스토리'라는 작은 옷집이 있다. 그곳을 운영하는 어금니언니는, 처음 상호가 어금니라 자연스럽게 '어금니언니'라는 닉네임을 얻게 됐다. 언니는 그곳에 오랫동안 자리했고 여전히 그 자리에서 같은 아이템으로 운영하는 베테랑 소상공인이다.

서촌 작업실을 구하게 된 것도 언니 덕이었다. 처음 이사 와서 제일 먼저 언니라고 자연스럽게 말을 틀 정도로 마음 따뜻한 이웃이다. 언니의 가게는 워낙 오랫동안 그 동네에 있었다 보니 사람들이 오가며 전해주는 소식통 같은 곳이었다. 꾸준히 한곳에 자리하고 있는 언니가 정말 대단하고 신기할 정도다.

* 계동의 공방 생활을 즐겁게 만들어준 이웃들의 가게

작업하다 답답할 땐 내려와 언제나 언니와 수다를 펼친다. 사장이자 직원으로서 혼자 모든 일을 진행하고 해결하다 보면 내 결정이 맞는지 객관적으로 의논할 상대가 필요했다. 처음 창업센터에 있을 땐 같이 시작하는 대표님들과 의견을 나누며 피드백을 주고받았지만 혼자 있는 작업 공간에선 소통이 쉽지 않았다.

특히 계동의 가게들은 둘이서 혹은 혼자 운영하는 공방이나 상점이 많은데, '근처에 너와 동갑내기 친구가 있으니 심심치 않게 알고 지내면 좋을 것 같다'며 언니가 C를 소개해주었다. C는 근처 갤러리 소속으로 디자인 일을 하는 친구였는데 어딘가 나와 다른 듯하면서 비슷해 처음 소개를 받자마자 더없이 가까운 사이가 되었다.

평소 작업에 시간을 많이 보내니 친구들과는 점점 시간을 갖지 못하는 편이지만, C와는 거리가 가까워 틈만 나면 차를 마시거나 산책을 한다. 일이 바쁠 땐 자연스럽게 도움을 받는 경우가 많은데 그럴 때마다 늘 수호천사를 자처하며 나를 도와주는 친구다. 특히 공방의 인쇄물 디자인을 도맡아 해주고 있다.

한번 맺어진 인연이라 그런지 신기하게도 내가 서촌으로 이사갈 때 C도 그곳으로 이동하여 일을 하게 되었고 자연스럽게 이웃이자 친구로 인연을 계속 쌓을 수 있었다. 늘 객관적이지만 내편에 서서 자기 일처럼 이야기를 해주는 친구가 있다는 건 살면서 매우 소중한 재산이 아닐까 생각할 정도로 내 인생의 귀인이다. '나중에 직원을 둬야 한다면 1등으로 스카우트해야지'라는 생각도 갖고 있다.

1등 직원으로 또 모시고 싶은 지호는 대학교 1학년 때 공방에 온 이후, 중간에 학교를 졸업하며 공백이 있었지만 그때부터 직원처럼

* 손이 필요할 때 늘 도움을 준 고마운 수강생들

나의 손과 발이 되어주었다. 착하고 너무나도 긍정적인 지호 덕분에 지치는 순간마다 함께 작업하며 웃을 수 있었고, 열 살 정도 차이 나지만 생각이 깊어 든든하기도 하다. 혼자라면 못했을 일들을 옆에서 챙겨주고 잘 까먹고 덜렁대는 나의 빈틈을 크게 덮어주는 배려심 깊은 친구다.

이렇듯 내 옆에서 늘 가족처럼 친구처럼 언니처럼 함께해주는 사람들이 있었기에 혼자라도 그 많은 일을 할 수 있지 않았을까? 물론 공방의 규모를 더 키우고 모두 함께할 수 있으면 좋겠다고 늘 마음속 깊이 바라본다.

#덕후라서 통했던 미튼 패밀리

어디에 가서 나이 상관없이 어떤 주제나 서슴없이 대화하며 웃을 수 있는 일은 흔치 않다. 하지만 공방은 초등학생이나 중년층이나 소통이 되어 취미를 공유하는 일이 종종 있다. 취미와 좋아하는 분위기가 비슷해서 공방에서 만나는 사람들과는 처음 보는 자리에서도 편안함이 느껴진다.

나는 미튼 패밀리와 함께하는 시간을 종종 갖는다. 예를 들어, 1년에 한 번씩 전시를 같이 하는데 뒤풀이를 한 후 자연스럽게 모임으로 이어져 여행을 가기도 한다. 재밌는 사실은 공방에 모인 패밀리는 10대이건 20대이건 30대이건 다 같이 편한 주제로 이야기를 공유할 수 있다는 점이다.

아무리 나이 차이가 많이 나도 모이면 서슴없는 대화가 이어졌기에 그런 시간을 보낼 수 있는 자리를 꾸준히 만들었다. 한번은 캠핑장을 운영하던 패밀리가 있어 그곳에 1박으로 엠티를 가 밤새 노래하고 춤추며 불꽃놀이도 하며 즐거운 시간을 보냈고, 전시를 준비하며 촬영지에서 사진을 찍으며 추억을 나누기도 했다.

한 해 두 해 지내며 더 친해졌고 지금까지 이어오는 인연도 많다. 혼자 작업하며 끼니를 거를까 봐 걱정하며 틈틈이 도시락을 챙겨주시는 선생님을 포함해 모두가 가족처럼 따뜻한 마음을 가졌기에 나

는 그들을 진심으로 '미튼 패밀리'로 여긴다. 때론 친구가 되어주고 언니처럼 안아주기도 했고 슬픈 일은 가장 먼저 위로해주고 기쁜 일은 술 한잔 기울이며 축하해주던 미튼 패밀리의 따뜻한 마음이 공방 운영을 계속해야겠다는 나의 다짐이 변치 않도록 이끌어준다.

작업하는 것이 마냥 즐겁다고만 생각했던 10년 전의 마음은 어느새 함께 어울리고 만나며, 진심으로 사람들을 대할 때의 태도를 자연스럽게 배우면서 지금의 마음가짐으로 바뀌게 되었다. 그리고 앞으로 어떻게 살아야 내가 행복한지를 알게 해준 미튼 패밀리는 내 인생의 고마운 스승님들이다.

#우리는 달달한 창업 동기생

창업을 하며 인연을 맺은 작가님이나 청년 대표님, 유난히 결이 잘 맞아 꾸준히 인맥으로 지켜나가는 업체 대표님들 중 여성의류 브랜드 '스윗원에이티' 강 대표님과는 힘들 때 서로 의지하며 맥주 한잔으로 서로에게 힘을 주는 사이다. 창업센터에 있을 당시, 마음 편히 정보를 공유하고 고민을 나누는 친구 같은 대표님들 중 나와 나이가 비슷했고 무엇보다 만나면 유쾌함이 있는 긍정적인 에너지를 주던 분이다. 패션 아이템을 다루는 분이라 나와 크게 접점은 없었지만 세련된 외모와 시크한 이미지가 무척이나 당차고 멋져 보이는 분으로 14년 전부터 인연을 이어왔다. 서로를 응원하고 지지하며 종종 재밌는 이벤트를 도모할 때면 언제나 신이 난다.

다른 분야의 작가나 대표님과의 협업은 서로 맞지 않으면 마음이 상할 수도 있는데 그녀와는 같이 할수록 시너지가 생긴다. 다른 시각과 사고를 접하는 시간이 자연스럽게 만들어지니 많은 것을 배우고 그 속에서 아이디어가 줄줄이 나오기도 한다.

그렇게 마음이 잘 맞아 워크숍 같은 이벤트를 기획한 적이 있다. 반려견 미니어처 주문 작업이 한참일 때 대표님이 키우는 강아지를 디자인한 에코백과 티셔츠도 출시되었다. 그 티셔츠와 에코백에 자수방식의 펠팅 기법으로 패션 아이템에 양모를 활용할 수 있는 워

* 의류 브랜드와 함께 진행한 수업과 이벤트

크숍을 하게 되었다. 강아지라면 꼭 내가 키우지 않더라도 귀여워서 참여하고 싶어하는 사람이 많았다. 입체적인 양모인형 공예와는 또 다른 방식의 기법과 아이템을 이런 기회에 소개하며 수요자들의 반응을 살펴 다양하게 양모공예를 즐길 수 있도록 해주고 싶었다. 양모공예 기법은 날카로운 바늘을 사용하기 때문에 손을 찔렸다는 이야기를 많이 들어온 터라 그 단점을 어떻게 보완할까 항상 고민해왔었다. 평면에 하는 펠팅 기법은 아무래도 그런 위험을 방지해줬다. 패션템은 직접 하고 다닐 수 있어서 사람들에게 반응이 더 좋았던 것 같다. 이후로도 스윗원에이티와 이벤트를 종종 계획하고 있다.

혼자 공방을 운영하다 보면 매너리즘에 빠지거나 정체된 느낌을 받을 때가 생긴다. 그럴 땐 주변을 둘러보고 누군가와 재미있는 일을 꾸미면 에너지가 생기기도 하고, 평소 생각하지 못한 것들이 툭툭 나올 때가 많다. 머릿속에서나 마음에 담고 있던 것들을 하나씩 꺼내어 펼치는 것만으로도 엄청 설레고 신기한데, 그 일들이 실현되고 결과물로 나온다는 건 진짜 마법 같은 일이 눈앞에 펼쳐지는 것이다. 그리고 함께 즐거워하는 시간을 공유하다 보면 마음이 가득 차서 최고의 부자가 된 기분이다.

#핑크 화장실벽의 효과

언젠가 소품숍을 운영하던 수강생이 새 가게를 열어 인테리어 관련 이야기를 나눴다. 그곳은 캐릭터를 판매하는 가게였는데 영화 〈토이 스토리〉에 나왔던 문을 직접 제작하며 겪은 에피소드였다. 옛날부터 홍대에는 핫하고 감각적인 인테리어로 마케팅을 하는 숍들이 많았는데 일명 '도어 마케팅door marketing'이라고, 숍 앞에서 사진을 찍어 인스타에 올릴 수 있도록 문 인테리어에 신경을 많이 쓴다고 했다.

그런 이야기를 들었을 때쯤 아래층 스튜디오 작업실에 새 입주자가 들어왔다. 순수미술과 가방소품 제작도 하는 개성 있는 작가였다.

어느 날 공방에 오니 건물 벽이 핑크색으로 바뀌어 있었다. 공방 벽과 옆 지하로 들어가는 문과 화장실 문이 나란히 있었는데 그 하얀색 벽을 새로 입주한 사람이 직접 핑크색으로 칠해버린 것이다.

조금 당황스럽기도 하고 한 마디 의견도 없이 그렇게 진행했던 터라 마음이 불편했다. 알고 보니 핑크색이 그 작가의 브랜드 컬러였나 보다. 자신의 메인 컬러를 드러내기 위해 핑크색을 칠한 건 이상한 일은 아니지만, 자기만의 공간이 아닐 때는 솔직히 서로 상의를 하면 좋았을 걸 하는 아쉬움이 남는 사건이었다.

그 잠잠했던 허름한 흰색 벽이 하루아침에 바뀐 운명적인 사건 이후로 신기한 일들이 벌어졌다. 지나가는 관광객들이 그 앞에서 하나

둘 사진을 찍기 시작했다. 정말 신기하게도 그날 이후부터 우리 공방의 화장실 문은 의도치 않게 포토존이 되어 도어 마케팅을 하고 있다. 지나가는 관광객 10명 중 반 이상은 이곳에서 사진을 찍고 갔으니 말이다.

이후로 수강생이 화장실 안에 갇히는 일이 종종 생겼다. 화장실 문고리는 옛날 방식의 자물쇠를 여닫는 형식이었는데 수업 중 잠시 화장실에 들어간 사이 그날도 어김없이 문 밖에서 사진을 찍고 있던 아이가 고리문을 만져 문이 잠긴 것이다. 일부러 그런 것은 아니지만 안에 있던 사람은 휴대폰도 없이 들어간 터라 한참 후에나 돌아올 수 있었다. 다급히 들어온 수강생은 "샘, 저 화장실에 잠시 갇혀 있었어요"라며 문을 두드려서 밖에 지나가던 사람이 고리를 열어줘 나올 수 있었다고 한다. 그 후부터 화장실에 갈 땐 꼭 휴대폰을 챙겨

가라는 지침이 생겼다.

서촌은 한옥이 많고 오래된 가옥과 어느 하나 튀는 곳도 많지 않은 동네였다. 어찌 보면 그런 밋밋하고 무채색의 동네 컬러에 핑크색은 혁명 같은 존재다. 그 효과는 강렬했고, 여러 사람의 마음을 사로잡은 게 확실했다.

그래도 우리에겐 용도의 문제가 있어 이후로 주인 아저씨가 문을 바꾼 후로 다시 동네는 조용해졌다. 하지만 요즘에 문득 '봄이니 한 번 벽을 활기차게 노란색으로 칠해볼까?'라는 생각도 든다. SNS에 사진이 많이 올려지는 것도 좋지만 어쨌든 이곳을 찾는 사람들이 조금이라도 즐거웠으면 한다. 어떤 장소를 다녀간 추억을 사진으로 남길 수 있다면 좋은 일이니 말이다.

시간에 따라 유행이 바뀌듯, 요즘은 굳이 간판이나 외부 장식을 눈에 띄게 하지 않고 인테리어를 깔끔하고 심플하게 하는 곳들이 늘어나는 것 같다. 흐름에 따라 어떻게 할지는 그 공간을 준비하는 주인 마음일 것이다. 단 인테리어는 그 공간을 쓰는 사람의 얼굴 또는 옷이라고 생각한다. 밖에서 봤을 때 느껴지는 분위기는 정말 중요한 부분이다.

미튼 공방은 나의 성격이나 분위기에 맞춰 아기자기하고 뭔가 동화 같은 이야기가 있을 듯한 느낌일 것이다. 조금은 손때가 묻은 편하고 자연스런 향기가 있는 곳이기도 하다.

오랜만에 온 한 수강생은 "미튼 공방 냄새가 그리웠어요" 하고 숨을 한껏 들이킨 적이 있었다. 그때는 '공방 냄새? 뭔가 이상한 건가?' 라고 잠시 생각했지만, 그건 나도 맡은 편안하고 익숙한 공간에서의 향기가 아닐까 싶다.

인상에 남을 만한 공간은 분명 오랫동안 기억에 남을 것이다. 미튼의 효과는 의도한 게 아니라 천천히 시간을 쌓으면서 만들어진 것도 있다. 이를테면 세월로 인한 득템.

#겨울 공방은 간식 맛집

겨울은 왠지 양모가 더 생각나는 계절이다. 개인적으로 추운 날씨를 너무 싫어하지만 공방을 가득 채운 양모가 주는 시각적인 따뜻함은 추울수록 진가를 발휘한다.

그래도 미튼은 옛날 건물의 1층이고 통창이 전부라 겨울에 아무리 난방을 틀어도 춥다. 그래서 고민 끝에 기름난로를 두기로 했다.

작은 공간이라서 한 덩치 하는 난로가 좀 부담스럽긴 했지만 난로의 장점을 발견한 이후부터는 부피가 크게 신경쓰이지 않았다. 기름난로라 등유를 주문해 채워넣어야 하는 번거로움이 있지만 초등학교 때 석탄 난로를 사용하던 추억도 소환되고 난로 위에 쫀드기부터 쥐포, 붕어빵 등을 구워 먹는 재미로 귀찮기보단 겨울만의 감성 아이템이 됐다.

혼자서 작업할 때보다 클래스를 할 때 여럿이 출출한 배를 잠시 달래며 옹기종기 구워 먹는 간식은 어디에서도 맛볼 수 없는 별미다. 처음에는 단순하게 고구마를 구워 먹어볼까 해서 시작한 난로 간식은 가짓수가 하나씩 늘어나 실험정신까지 발동해 이제는 이것저것 굽기 바쁘다.

일명 '미튼표 오마카세'라고도 하고 한번 굽기 시작하면 고구마, 떡, 쫀드기는 기본이다. 물론 평소에 쉽게 먹는 간식들이지만 공방에

서 작업을 하다 사람들과 나눠 먹는 간식은 왠지 더 색다른 맛이 난다. 그래서 몇몇 수강생은 미튼을 간식 맛집이라 부르기도 했다. 이렇게 별것 아니지만 소소한 것을 함께 나누고 즐거워하는 시간이 나한테는 중요한 것 같다.

시간 안에 각자 작품 하나 완성해가면 그만이지만, 공방이 줄 수 있는 최고 서비스라고 생각하며 오늘은 무얼 구워 먹을까 메뉴를 생각하면 전날부터 기분이 좋았다. 작은 추억 때문에 겨울이면 공방이 더 그립고 생각난다는 분도 있고 이제는 없어서는 안될 공방 필수템이다. 어린 친구들이 방문할 때면 이런 추억의 감성을 선물하는 일을 더 해주고 싶다. 그래서 겨울이 더욱 기다려진다.

* 양모로 만들어본 최애 아이스크림 붕어싸만코와 디저트들

언덕이라 바람이 더 세차게 지나는 곳이라 그런지 날이 추울수록 공방이 더 아늑하고 소중하다. 유독 추운 날에는 지나가는 관광객들이 안으로 들어오는 경우가 종종 있다. 딱히 판매하는 것이 없어서 살 건 없지만 '그냥 잠시 몸 좀 녹이고 갈게요'라는 눈인사를 하며 머무르는 것만으로 공방의 존재감은 충분했다.

이런 에피소드 때문에 주변 사장님들에게 난로 전도사가 되어 많이들 사용한다. 요즘은 등유값이 많이 올라 살짝 고민되기도 하지만, 간식 맛집은 포기할 수 없다며 스스로 사심을 부추겨본다.

#사랑도 이긴 공방

어느 날 한 아시안 커플이 1층 계동커피에 전시한 인형을 보고 올라왔다. 여성분이 몇 달 후 결혼식을 하는데 인형을 만들어 장식을 하고 싶다며 원데이수업을 신청했다. 커플이 왔기 때문에 난 당연히 두 분의 결혼식인가 했다. 두 사람은 말레이시아 화교로 거의 한국 사람처럼 보였다. 커플과 이야기를 하며 남자분의 웃는 얼굴이 인상적으로 눈에 들어왔다. 첫 인상은 곰돌이처럼 동글동글 귀여운 모습이었는데 눈이 마주치자 뭔가 인상이 강렬했다.

다음날 약속대로 원데이수업을 하며 여성분과 대화를 나누며 어제 같이 온 남자분과 연인 관계가 아닌 것을 알게 되었다. 메이크업 아티스트 일을 하며 만난 포토그래퍼인 그와는 오랜 친구 사이며 일을 하기 위해 잠시 한국에 머물렀다는 것이다.

포토그래퍼 D는 어린왕자 캐릭터를 좋아해 관련 굿즈를 모으는 어린왕자 마니아였다. 그 전날도 1층 선반대의 내가 만든 어린왕자 양모인형이 눈에 띄어 2층으로 올라오게 된 것이다. 우연인지 인연인지는 몰라도 어느 공통된 부분을 가지고 있었기에 운명처럼 그 사람과 만나게 된 것 같다. 그는 어린왕자 같은 감성을 지녔고 감각적인 사진작가였다. 음악을 좋아해 통기타를 치며 노래를 부르고 기분 좋은 곳에서 커피 한잔과 여유를 즐길 줄 아는, 내가 좋아하는 부분과 취향이 꼭 맞아 언어는 서툴지만 비슷한 감성을 가진 이상형의 남자였다(지금 생각해보면 떨어져 있던 시간이 많아 좋은 점만 봤을 것이고 언어가 달라 서로 눈높이를 맞추다 보니 당연히 큰 트러블이 없었던 것 같다).

말레이시아로 돌아가는 날, 그는 SNS로 인사 메시지를 전해왔다. 간단한 소개와 함께 연락하며 지내고 싶다고 했고 그 후 번역기를 돌려가며 조금씩 서로를 알아가며 친구가 되었다. 공통된 부분이 많다는 것을 알게 되며 조금씩 친해졌고 나중에 몇 번 한국으로 촬영을 오게 되면서 곰돌이 D는 나의 남자친구가 되었다. 외국인과의 연애는 생각한 적도 없었고 더구나 말레이시아에 가서 살 생각은 해본 적도 없었다. 2년 동안의 롱디 커플로 지내며 결혼까지 고민할 정도로 진지했다.

하지만 그와 결혼을 하면 공방은 문을 닫고 말레이시아에서의 새 출발로 전혀 다른 환경에서의 생활을 선택해야 했다. 모험을 좋아하는 편이지만 이런 일은 전혀 내 머리에 없던 부분이라 온통 물음표만 가득했다.

마침 계동길 미튼은 권리금을 빼서 다른 공간을 구하고 있던 때라 타이밍이 맞기도 했지만 50퍼센트의 확신도 들지 않았다. 솔직한 내 모습으로 그곳에서 잘 살 자신이 없었던 것이다. 공방 안에서 사람들과 소통하며 어느 정도 익숙해진 만족스러운 내 환경을 쉽게 접을 수가 없었다. 그렇게 D와는 각자 서로를 응원하며 자기 별에 있기로 했다. 안녕, 나의 어린왕자 D.

그에겐 좀 미안했지만 그때 내 선택의 최우선은 공방이었다.

#앤서니 브라운을 만나다

일러스트레이션 시각디자인을 전공하면서 그림책 작가의 길을 가고자 했었다. 누군가는 '그림책이나 애니메이션이나 비슷한 거 아닌가' 라고 생각할 수도 있다. 둘 다 스토리를 기반으로 하지만 완성되어 나오는 결과물은 너무나도 다르다. 나는 '책'에 담기는 이야기를 쓰는 작가를 꿈꿨다.

그간 영화, 광고, 캐릭터 제작 등 여러 작업을 해왔지만 그 중에서도 동화작가를 꿈꾸던 당시 나의 롤모델이던 앤서니 브라운 작가님과 협업한 일은 잊을 수가 없다. 그의 기획전 '행복극장展'에 전시될 캐릭터를 만드는 일이었는데, 그 고릴라는 작가님의 그림책《우리는 친구》의 주인공이자 작가님의 시그니처 캐릭터로 유명하다.

작가님 그림 특유의 섬세한 터치감을 살려보고자 색감을 세세하게 나눠 표현하며 작은 작업실에서 이리저리 고릴라를 끌어안고 정말 낮밤 할 거 없이 즐겁게 작업했다. 그렇게 밤샘 작업을 마치고 서촌에서 아침 공기를 맞으며 사진 촬영을 했다. 완성되었을 때 맞이하는 상쾌한 기분이란 정말 신선함 그 자체다.

전시장에 설치를 한 후 드디어 열린 전시회에서 작가님과 이야기할 시간이 있었다. 머리는 희끗한 백발이었지만 눈망울은 맑고 빛이 났다. 아직까지 동심을 갖고 작업하시는 모습을 가까이에서 보니 마

MITTEN

◁ 롤모델 앤서니 브라운 작가님의 캐릭터를 만드느라 행복했던 나날들
△ 완성되어 전시된 모습

음에 항상 품어오던 동화작가의 꿈이 다시 한번 꿈틀대는 게 느껴졌다. 공방을 운영하며 다양한 프로젝트를 진행하고 교육하며 빈틈없이 잘해가고 있었지만 마음속 깊이 풀리지 않은 갈증이 반응하고 있었다.

하고 싶은 일, 좋아하는 일을 찾아 스스로 걷는 법을 배우고 나아가던 중 지나쳐버린 첫 번째 버킷리스트가 문득 생각났다.

'그림책 동화작가 되기.'

언젠가는 이 갈증을 해소할 날도 오지 않을까?

#때론 자극이 되는 이웃 작가들

공방을 연 세월이 길어지다 보니 전시나 행사 때 만나 알고 지내온 이웃 작가님들과 이제는 친구 이상의 가까운 사이가 되어 자주 보진 않더라도 그 인연을 이어가고 있다.

작업에 대한 고민이 생길 땐 분야는 다르지만 작가님들이 어떻게 성장하는지를 보며 자극을 받을 때가 많다. 그래서 프로젝트나 협업을 같이 하지 않을 때도 교류하면서 많은 것을 배운다.

이웃 작가님 중에는 작업 활동이 전업인 분도 있고 나처럼 공방을 운영하거나 외부 강의를 나가거나 상품을 만들어 위탁하는 분도 있다.

제각각의 길을 걸으며 나름 사업에 성공하여 왕성하게 활동을 하는 분도 있지만, 사실 공방 일도 그렇고 작품을 판매하거나 상품을 기획하여 판매하는 게 쉽진 않다.

그래서 작가님들과 종종 만나 이야기를 나눌 때 그 자세와 마음가짐을 보고 들으며 거기에 나를 비추어본다. 전업으로 작가 일에 집중하는 작가님들을 볼 때는 자기중심을 잡고 외부로부터의 저항과 유혹에 흔들리지 않는 모습에 많은 자극을 받는다.

처음에는 공방을 운영하며 전업작가로의 꿈을 가지고 있었기에, 내 포지션이 애매하다고 느껴질 때가 많았다. 예술과 비즈니스 사이

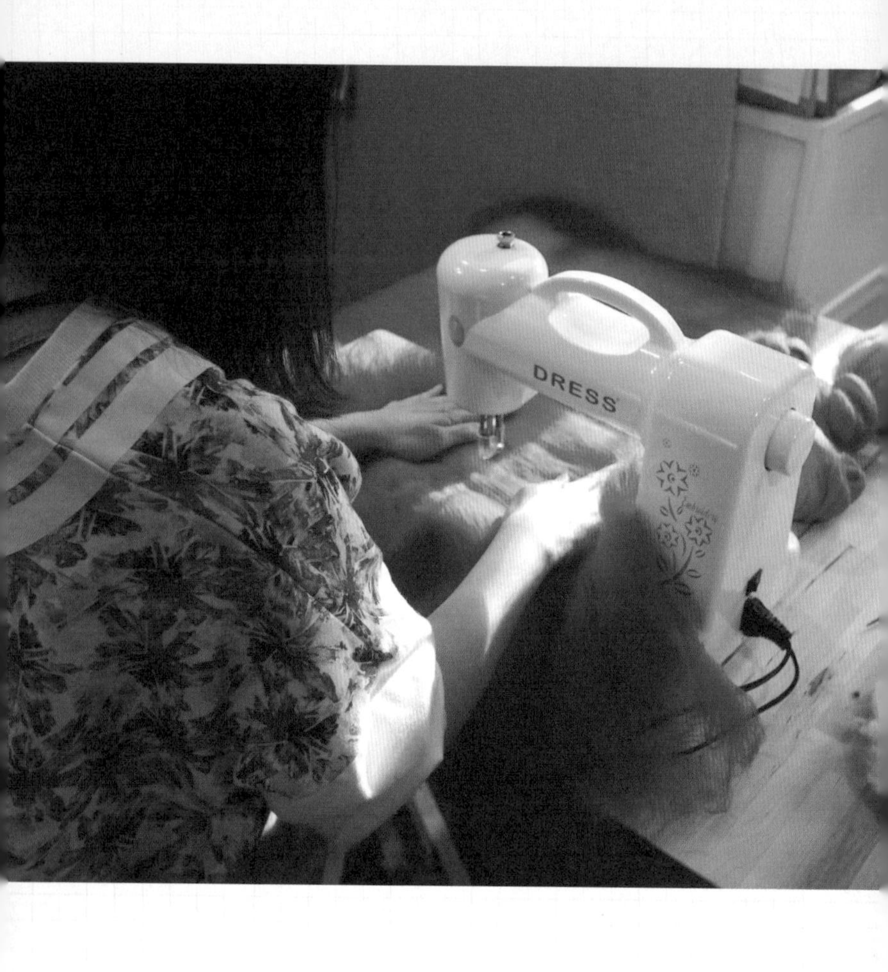
DRESS

에서 작가로서의 정체성을 품고 비즈니스로 성장해야 한다는 괴리감을 현실적으로 받아들이기가 어려웠다. 하지만 전업작가도 요즘은 비즈니스와 마케팅을 잘해야 자신이 만든 작품도 잘 팔리고 작가로서의 이름이 알려지기도 한다.

중요한 건, 작품이든 비즈니스이든 자신의 색깔을 확실하게 주관대로 보여주는 것이라고 생각한다. 작품도 대중성과 사람들의 니즈에 공감하며 균형을 맞춰 작업을 이어갈 때 사랑받는 예술가가 될 수 있지 않을까? 이것은 지극히 개인적인 생각이긴 하다. 그냥 그 중심에서 내 색깔을 표현하며 자연스럽게 마음이 따르는 대로 사람들과 소통하는 것이 내 방식이다.

#공방의 마스코트

강아지 미니어처 만들기 수업을 받으러 온 수강생 중 "선생님은 매일 강아지와 출퇴근할 수 있어 행복하시겠어요"라며 부러워하는 사람이 많았다.

나도 강아지와 공방을 출퇴근하게 될 줄은 몰랐다. 노견이 된 나의 반려견 모찌는 본가에서 아빠와 지냈었는데, 아빠가 몸이 편찮아지시면서 더 이상 모찌를 돌보는 게 어려워져 공방을 서촌으로 옮기며 얻은 근처 내 집으로 데려오게 되었다.

이후부터 매일 모찌와 함께 출퇴근을 했다. 모찌는 출근하며 산책을 하고, 내가 늦은 밤 12시까지 작업하는 날에는 내내 옆에 있다가 퇴근을 같이 했다.

돌이켜보면 항상 그 긴 시간을 모찌가 공방에 함께 있어줘서 작업이 가능했던 것 같다. 모찌도 나와 같이 보내는 시간이 길어서 행복했을 거라 믿는다.

수업을 하는 동안에도 모찌의 역할이 있었다. 누가 알려준 것도 아닌데 자기 밥값이라도 하려 했는지 수업시간 내내 조용히 잠을 자다 수업 끝나기 30분 전이면 일어나 사람들에게 돌아가며 인사했다. 그렇게 모찌는 공방에 오는 사람들과 친하게 지내며 공방의 공식 마스코트가 되었다.

생각해보니 공방을 오픈하기 전에 모찌를 데려왔으니, 이제 모찌의 나이가 미튼과 같은 열네 살이 되었다. 껌딱지처럼 공방에서도 집에서도 언제나 내 곁에 있어주었고 같이 시간을 보낼 수 있는 공방이라는 아늑한 공간이 있었기에 작업에 더 오롯이 집중할 수 있었다.

지금은 안타깝게도 나이가 들어 몸이 불편해져 함께 출근하진 못하지만, 공방에 모찌 모습을 한 양모인형 '흰둥이 모찌'가 늘 나와 수강생들을 반겨주고 있다.

#아픈 이별은 더 큰 사랑을 싣고

코로나 시절, 백화점으로 줄곧 출근을 하게 되어 반년이 지나 어느 정도 아이들 콘텐츠로 자리 잡아갈 때쯤 아이들 콘텐츠 교육사업에 대한 구체적인 방향을 계획해보기로 했다. 그 사업을 고정 수입원으로 구축해놓으면 다른 여러 작업을 병행할 수 있겠다는 생각이 들었기 때문이다.

사업 방향을 다시 설계하고 천천히 준비해보자고 마음 먹던 차였다. 코로나 때도 그랬지만 때론 내가 원하는 방향을 잡더라도 상황이 안 되어줄 때가 있는데 이때도 그랬다.

아빠의 건강 상태가 점점 악화되어 집에 혼자 계시기 어려운 상황이 된 것이다. 치매 판정을 받으신 후 그때그때 해결하며 넘겼지만 갈수록 심해지는 증상에 너무 당황스러웠다. 하지만 유일한 가족인 언니는 조금 멀리 떨어져 살았으니 당연히 내가 아빠를 돌보는 일에 마음을 둘 수밖에 없었다. 생각지도 못한 상황이 지속되니 마음도 불안하고 해쳐나가야 할 일뿐이었다.

아빠 옆에만 있을 수 없는 상황에서 최소한 내가 할 일과 아빠를 위해 해야 할 일을 분리하며 좀 더 이성적으로 지내보려고 마음을 다스렸다.

치매 환자들이 점점 많아지고 있고 TV에서도 많이 봐왔지만, 직접 겪어보니 봐온 것 이상으로 어렵고 힘든 병이었다. 뭐든 일은 겪고 나면 더 이해할 수 있겠지만, 주변에 정보 하나 없이 하나부터 다 알아보고 결정해야 하는 일들로 가득하니 마음이 어수선하고 어떤 것에도 집중할 수 없었다.

내 힘으로 안 되는 일은 그냥 묵묵히 받아들이고 조금이라도 아빠가 편하게 지내시도록 마음을 굳게 먹었다. 하지만 그런 시간도 길지 않게 결국 아빠와 이별을 하게 되었다. 엄마 이후로 또 한 번의 큰 시련이 찾아온 것이다. 이제 엄마도 아빠도 내 곁에는 아무도 없다고 생각하니 이 세상에 덩그러니 혼자인 것 같아 여태껏 해왔던 일들이 모두 의미 없이 사라지는 기분이었다.

"언제든지 힘들 때 연락주세요. 기운 내세요, 미튼 샘."

모두 날 응원하고 있었다. 여느 때처럼 내 옆에는 늘 나만 졸졸 따르는 흰둥이 모찌가 있었고 날 응원해주고 챙겨주는 미튼 패밀리가 있었다. 그 마음들에 기대어 주춤거리는 시간을 차차 바로잡고 일어나기로 했다.

주변 사람들이 나와 나이가 비슷해 나처럼 혼자 부모님을 돌보는 경우가 많은데, 그들의 큰 공감과 위로의 한마디가 정말 든든한 힘이 되었다.

누구나 어느 시기에 마음이 꺾이기도 하고 시들어버리는 순간이 찾아온다. 그럴 때 가족처럼 따뜻하게 품어주는 말 한마디가 그 힘든 시간들을 견딜 수 있게 해준다.

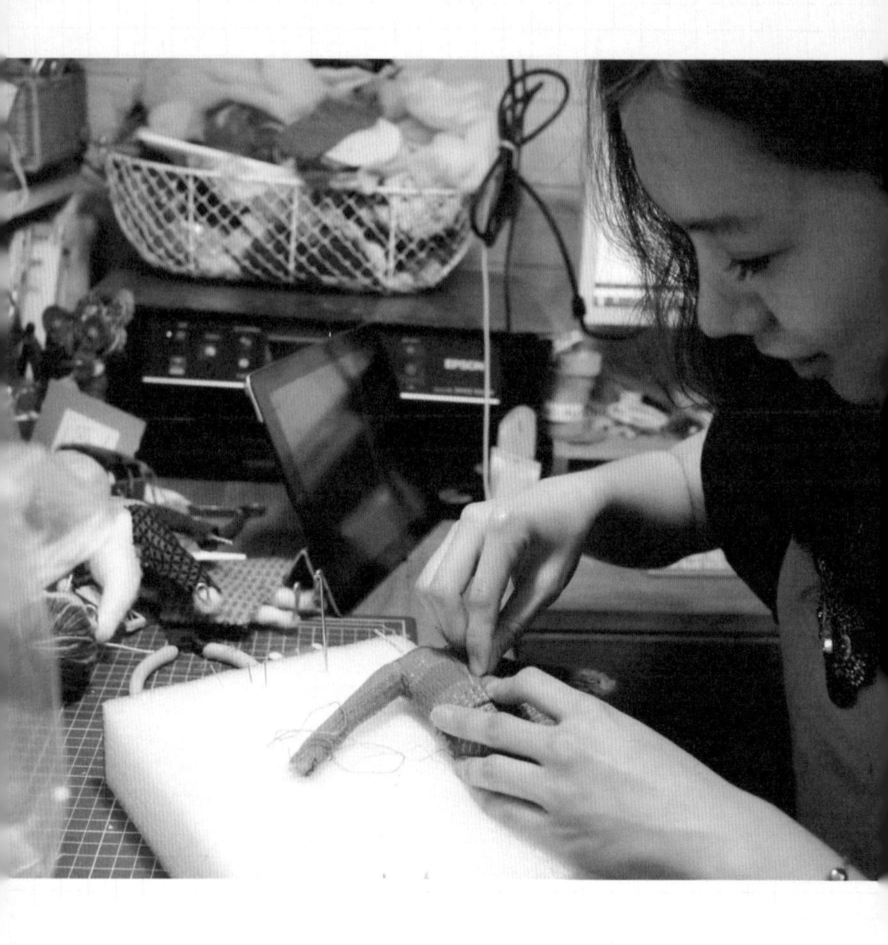

#네버엔딩 공방일지

아빠와의 이별을 하고 더 이상 내가 좋아했던 일도 꿈도 잠시 희미해지는 걸 느꼈지만, 그래도 다행인 건 날 믿고 찾아와준 분들 덕분에 공방을 지키며 하던 일을 조금씩 해나갈 수 있었다.

12년 전 처음 시작했던 그 설레던 작업의 공기, 북촌과 서촌을 걸어다니며 작업을 마치고 집으로 돌아갈 때 아쉬운 마음에 와닿은 밤공기 냄새, 밤새 전시회 짐을 챙기다 맞이한 새벽 공기와 주변의 분위기… 하나씩 기억이 나면서 그 느낌들을 적어보게 되었다. 그리고 양모를 만지며 또 그 작업들을 준비하고 마무리하며 무수히 그 공기와 냄새를 기억하며 그리워했다. 그런 마음을 담아 영상 공부도 할 겸 유튜브 공부를 하고 있었던 시기라 자연스럽게 공방 이야기를 하면 어떨까 머릿속에 그려보았다.

언제나 방향을 정할 때면 타이밍 맞게 그 방향대로 연결고리가 생기게 되는 것처럼 출판사에서 생각지도 못했던 집필 제안을 받게 되며 글쓰기에 대해서는 아무것도 모르는 내가 주저없이 계약을 했다.

'맞다, 난 글을 쓰고 이야기 만드는 게 꿈이었지?'

문득 잊고 있던 나의 버킷리스트가 떠올랐다.

이제 내가 진짜 처음 계획했던 일을 진진하게 하나씩 펼칠 기회들이 온 것이다. 글은 써도 써도 어렵고 아직 한참 부족하지만, 글쓰기에 매력을 느끼며 이전에 했던 꿈들을 다시 펼쳐보고자 한다. 또 그에 맞는 프로젝트들도 내 속도에 맞춰 하나씩 진행해가려 한다. 이른바, 이전과는 비슷하지만 또 새롭게 펼쳐질 '미튼 시즌 2'다.

요즘 아이들 수업을 많이 하면서 부쩍 친구들 중 나처럼 꿈을 갖고 공방을 하고 싶다며 하나둘씩 찾아온다.

"어떻게 하면 이런 공방을 차릴 수 있어요?"

꼬마 친구들의 질문을 받으며 현실적인 이야기부터 하나씩 들려준다.

직장인 중에도 나만의 공간을 갖고 마음 편히 음악을 들으며 자기가 좋아하는 작업을 할 수 있는 아주 작더라도 독립된 공간을 원하는 사람들이 꽤 있다.

공방은 마음의 여유와 내가 좋아하는 일에 집중할 수 있는 곳이라고 생각한다. 그래서 사람들은 어떤 목적을 위한 기술을 배우기 위해 공방을 찾아오기도 하지만, 자신에게 집중할 수 있는 자기만의 방 같은 공간으로서 공방을 찾기도 한다. 요즘은 연령층이 더 낮아져 어른뿐 아니라 어린 친구들이 더 많이 방문한다. 물론 학원과 학업을 따라가야 하는 우리나라 교육 현실에서 아이들이 여유롭게 공방에서 시간을 보내긴 힘들다. 그렇기에 더욱 그들이 아주 짧은 시간이지만 나의 공간에서 편안하고 즐겁게 웃고 마음을 풀고 가기만을 바랄 뿐이다.

나도 그랬지만 어릴 때부터 만들기와 그리기는 아이들에게 무한 상상력을 주며, 학업에 지친 친구들에게는 머리를 식히기 좋은 취미다. 학교 교과 과정이나 입시에 연연하지 않고 다른 길을 선택하고 싶

* 아이들과 함께한 수업과 꼬막손으로 만든 작품들

은 친구들이 있다는 것은 나에게 너무 반가운 일이다.

나도 어릴 때 그러한 마음에 고등학교 때부터 클레이아트를 하려고 동네 문화센터에 등록한 적이 있었다. 학교 공부를 밤새워 한 적은 없었지만 그 시간만큼은 며칠 밤을 새며 만들고 환경미화 때 교실 뒤쪽에 예쁘게 걸어 전시를 해둔 적도 있다. 그때 담임선생님께서 해주신 말씀이 아직도 기억에 생생하다.

"앞으로는 이런 공예 작업이 전문 분야가 될 거야. 너도 한번 꾸준히 해보렴."

이 말이 나에게 얼마나 큰 힘이 되었는지, 공부만이 전부이고 모두가 입시를 치러야 했던 때 희망의 빛 같은 메시지였다.

물론 그 말이 정말 맞을 거라는 생각보다는 그래도 선생님은 '내가 재미있게 만들고 작업하는 모습을 예쁘게 봐주시는구나' 정도로 생각했다.

그때 공예 분야나 조형적인 미술 활동을 진지하게 생각하지는 못하고 결국 대학 입시를 치러야 했지만, 뒤늦게 미술 공부도 다시 해서 미대로 진학하고 취업도 하고 내가 원하는 길을 조금씩 찾아가며 하고자 하는 일을 계속 해왔다.

이런 방법으로 지금의 자리까지 와있듯이, 특히나 어린 친구들이 찾아오면 꾸준히 꿈을 갖고 찾을 수 있도록 도와주고 싶은 마음이 든다. 내가 청소년 시절에 들었던 선생님의 말 한마디로 생각과 마음이 달라졌듯이, 이젠 내가 선생님의 위치에서 아이들에게 도움을 줄 수 있지 않을까?

공방 선생님이 꿈이라고 이야기하며 찾아온 친구들도 있지만, 난

"공방 선생님이나 작가도 좋지만 꼭 그 길이 아니더라도 괜찮아"라고 그 시점에서 많은 대화를 주고받을 수 있는 친구 같은 어른이 되어주고 싶다. 어떻게 가던지 자기의 길은 다 멋있고 훌륭하니 지치지 말고 천천히 자신이 좋아하는 활동이나 일을 찾으면 좋겠다고 말이다.

물론 아이들뿐 아니라 공방에 찾아오는 사람들 모두에게 전하고 싶은 말이다. 양모공예나 꼭 공방이 아니더라도 내가 좋아하고 생각하는 것이 있다면 꼭 도전하고 즐거운 일들을 많이 만들어가면 좋겠다고. 그리고 꼭 그럴 수 있길 응원한다.

mitten
mitten

Epilogue_ 나와 타인에게 공감하는 공간

양모의 작은 조직들을 마찰시키면 서로 엉키고 뭉쳐져 형태가 점점 단단해진다. 그 보송보송한 재질의 부드러움과 색감들이 매력적으로 보여 차츰 가까이하게 되었는데, 단계를 거칠수록 점점 뭉쳐지고 다듬어지는 양모의 모습이 공방에서 만난 사람들과 나의 관계와 비슷한 것 같다는 생각이 든다.

시간을 들일수록 조금씩 다듬어지며 완성되는 오브제는 각자의 개성을 내비치듯이 만든 사람의 마음을 담은 결과물로 완성된다.

양모공예는 바늘로 두드리는 속도를 너무 급하게 하면 바늘 구멍이 크게 드러나 뭉쳐지는 느낌보단 오히려 엉키며 결이 그대로 드러나 보이기도 하고, 바늘이 부러져 손을 다치기도 한다. 완성하기까지는 시간이 좀 걸리지만 마음과 정성을 쏟는 만큼 완성도가 높아진다. 양모와 오래 시간을 보낼수록 그 안에서 맺은 소중한 인연들과 어떻게 소통하고 함께할 수 있는지도 배우게 되었다.

생각해보면 공방의 가장 처음은 '나를 어떻게 더 알아갈 수 있을지, 앞으로 삶의 방향을 어떻게 만들어가고 싶은지'에 관한 고민이었다. 그것에서 출발해 독립을 하고 한 걸음씩 꿈을 향해 걷다 보니 내가 할 수 있는 일들이 보였고, 어느덧 난 따뜻함을 만드는 공방 '미튼'을 12년 동안 하고 있다.

처음 인형을 만들었던 시간들은 동심을 담은 이야기를 펼치고 작품으로 스스로를 알아가고 싶은 마음으로 시작했지만, 운영을 하며 상황과 계획에 따라 마음가짐이 바뀌기도 하고 어떻게 하면 작품이 더 돋보일 수 있는지 남들에게 잘 보이고 싶은 마음에 중심이 흐트러지기도 했다. 현실적으로 살아남기 위해 타협하고 욕심을 부려 일에 끌려가는 내 모습을 발견하며 조금은 지치기도 했다.

그러던 중 이 책을 준비하며 나의 이야기에 관심이 있는 사람들과 소통하고 공감하는 마음으로 글을 쓰니 예전의 설렜던 마음이 되돌아오는 게 느껴졌다.

12년째 공방을 운영하니 미튼을 찾는 분 중 어떻게 이리 오랜 시간을 버틸 수 있는지를 궁금해하는 경우가 많다. 그동안 해온 일들을 돌이켜보니, 그냥 양모라는 매개체로 사람들과 서로의 꿈을 이야기하고 양모가 주는 따뜻함을 함께 느끼고 나누는 것이 더없이 즐겁고 행복했다.

큰 공간이든 작은 공간이든 사람과 사물, 분위기와 시간이 어우러져 만들어진 '그 공간'만이 주는 기운이 있다고 생각한다. 메타버스라는 가상공간까지 생겨난 요즘, 매체를 통해 자신이 원하는 자리를 얼마든지 만들 수 있는 시대가 되었다. 하지만 나는 아날로그 감성을 느끼며 자랐고 그것을 그리워하는 세대라 그런지, 여전히 얼굴을 직접 마주하고 감정을 나눌 수 있는 실제로 존재하는 공간이 좋다.

나처럼 타인과 함께하고 싶은 사람들이 계속해서 이 공간을 찾는다면, 물건을 만드는 공방이라기보단 그 이상의 것을 만들어가는 자리로 이 작은 공방을 지켜가고 싶다.

부드럽고 따뜻하지만 뭉칠수록 점점 단단해지는 양모처럼 나 역시 많이 단단해졌다. 나처럼 이 공간이 누군가에게는 즐거움, 누군가에게는 위로가 되길 바라며 앞으로도 보송보송한 미튼만의 이야기를 만들어갈 것이다.

힘든 순간마다 '이럴 때 엄마 아빠는 내게 뭐라고 얘기해주실까?'를 생각하면 의연하게 잘 견딜 수 있다. 철부지 고집스러운 작은 딸이 어떻게 지내고 있는지 하늘에 계신 부모님께 이 글로 보여드리며 깊은 고마움의 마음을 전하고 싶다.

여전히 공방에서
이민종 씀.

EDIYA
COFFEE

mitten
MOONGCHEE STORY
LEE MIN JONG

mitten
MOONGCHEE STORY
LEE MIN JONG

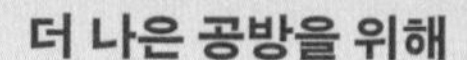

어떤 유형의 공방이 나와 맞는지 어떻게 알 수 있나요?

자신의 성향이 어떤 유형에 속하는지부터 체크해보고 방향을 결정해보면 어떨까요? 주관적인 의견이므로, 참고만 하면 좋겠습니다. (웃음)

1. 작업 위주의 공방이 맞는 사람의 성향

혼자 있는 것을 좋아하며 정적인 편이다. / 사람들로부터 받는 스트레스에 민감하다. / 내가 좋아하는 작업이라면 오랜 시간이 걸려도 즐겁다. / 집중력과 끈기가 좋다. / 남의 일에 별로 관심이 없다. / 새로운 사람을 만나는 것이 힘들며 낯을 가린다. / 외부 활동보다는 익숙한 곳에서 오래 있는 것이 좋다.

2. 판매 위주의 공방이 맞는 사람의 성향

나만의 브랜드로 성공하고 싶다. / 트렌드에 민감하다. / 내가 만든 제품을 설명하고 소통하는 것이 좋다. / SNS를 즐겨한다. / 만든 제품들을 판매하는 일이 즐겁다.

3. 클래스 위주의 공방이 맞는 사람의 성향

완성된 결과물보다는 과정 자체를 즐긴다. / 좋은 정보를 혼자 아는 것보다 누군가에게 알려주길 좋아한다. / 남들에게 설명하고 무언가를 이해시키는 것을 잘한다. / 사람들과 어울리는 것을 좋아한다. / 주변 사람들의 고민을 잘 들어주고 상담을 해주는 편이다.

예능 전공자가 아니어도 공방을 할 수 있나요?

"미술을 전공했으면 더 유리하지 않을까요?"라고 하는 분들이 많은데요(저도 관련 학과를 나왔습니다만^^) 물론 전공자라면 기본적인 형태감이나 색감 표현에 어느 정도 훈련되어 있어 기술적으로는 쉽게 접근할 수 있을 것입니다. 하지만 공방 운영은 기술적인 것뿐 아니라 전체적인 업무를 다룰 수 있어야 하므로 꼭 관련 전공자가 아니어도 상관이 없다고 생각합니다. 전공자가 먼저 쌓은 기술적인 부분은 시작 단계에선 유리하겠지만, 비전공자라도 일을 추진하고 완료하는 과정을 거치면서 기술은 물론이고 여러 경험과 감각을 쌓게 되니까요.

전공자들은 아무래도 주변 인프라가 어느 정도 있어서 조언을 구하기도 쉽고 선배들을 보며 방향을 정하기도 하지만 그보다는 내가 얼마나 이 일에 흥미가 있고 관심이 있는지가 더 중요하다고 생각합니다. 그게 곧 전공자 이상으로 깊이 있게 꾸준히 해갈 수 있는 원동력이 되기 때문이죠.

사업계획서가 꼭 필요한가요?

사업계획서는 기관에 투자 제안을 하거나 사업안을 제출할 때 필요하지만, 절차상 꼭 필요하진 않아요. 하지만 사업의 방향성이나 계획을 정리해두면 사업 아이템, 일정, 예산, 판로 등을 한눈에 볼 수 있고 어떤 서비스를 누구에게 어떻게 제공할 것인지 등을 구체적으로 먼저 계획해볼 수 있어 일을 추진하기 편리하죠.

작성하기 전 공방의 성격을 먼저 정해야 합니다. 크게 클래스와 작품 판매 중 하나를 선택하는 경우가 많은데, 선택 기준은 다음과 같습니다.

클래스는 주로 원데이수업, 정규수업, 온라인수업, 외부(기업, 단체) 강의로 나뉘지며, 규모나 시간, 성향 등 자신에게 맞는 수업을 선택하면 됩니다. 가르치는 것보단 만들고 판매하는 것에 더 중점을 둔다면 온라인, 오프라인, 위탁판매 등을 구분해서 상품이나 작품을 준비하고 가격을 다양하게 구성해서 판매 계획을 세우는 게 좋습니다.
이렇게 자신이 어느 부분에 더 비중을 둘 건지를 먼저 정하고 타깃을 분석하여 전략을 세운다면 많은 도움이 될 겁니다.

공방을 열려면 어떤 것들을 준비해야 하죠?

실무 관점으로 순서를 정리해보면 다음과 같습니다. 하나씩 체크하며 계획을 잡으면 기본적인 것은 준비할 수 있어요. 1. 창업자금 설계하여 일정 자금 만들기 2. 나에게 맞는 공간 찾기 3. 부동산 계약하기 4. 인테리어 공사 견적과 업체 선정하기 5. 셀프로 공사할 부분과 가구, 진열대, 작업대 등 제작이나 구매 결정하기 6. 공구와 재료 구매하기 7. 사업자등록과 통신판매업 신고하기 8. 카드단말기, 인터넷 등 설치하기 9. SNS 계정 및 공방 정보 등록하기 10. 공방 명함 만들기 11. 포장용품 등 제작이나 주문하기 12. 온라인 운영 시 택배 계약하기

오픈하려면 최소 얼마가 필요한가요?

창업 예산은 부동산, 인테리어와 가구, 재료비로 크게 나눠 볼 수 있는데요. 놓치기 쉬운 부동산 중개수수료, 소품 구매비도 적지만 합하면 크기 때문에 예산에 포함시키는 게 좋습니다. 은근 큰 부분을 차지하는 월세, 관리비, 전기세, 통신료 등의 고정비용은 수익이 없더라도 6개월 이상 운영이 가능하도록 예산에 꼭 포함시켜야 합니다.

관련 자격증이 꼭 필요한가요?

전문가 자격증은 공방을 열 때 꼭 필요하진 않지만, 외부 기업 강의를 나가거나 프로젝트를 하게 될 때 등 전문성을 증빙하는 서류로 제출해야 하는 경우가 있어요. 그런 용도가 아니라면 자기 작품들을 한눈에 볼 수 있는 포트폴리오나 활동의 성과들이 뭐가 있는지 보여줄 수 있는 것만으로도 어쩔 땐 충분합니다. 이왕이면 자격증이 없는 것보단 있는 게 낫겠지만, 창업할 때 꼭 있어야 하는 건 아니라 생각해요.

어느 정도의 규모가 좋을까요?

공방이 판매 위주인지 클래스를 함께 할지 등을 먼저 결정한 후 작업대의 크기나 장비 공간을 고려해서 크기를 결정하면 될 것 같아요.

온/오프라인 판매 위주로만 할 경우 딱히 크게 운영할 필요가 없으므로 4~8평 정도가 적당하고 온/오프라인 판매와 커플이나 소규모 클래스를 할 경우는 8~12평 정도로도 충분해요. 가벽을 쳐서 공간을 분리하거나 가구로 파티션처럼 공간을 분리하면 판매하는 곳과 개인적인 공간을 구분하여 용도를 다양하게 사용할 수 있습니다. 온라인 위주의 공방일 경우 택배나 박스 등을 놓을 수 있는 창고 같은 공간이 필요할 수도 있어요. 쇼룸과 단체 클래스, 공용 작업실은 12평 이상의 큰 공간이 필요하기 때문에 임대료가 비싼 1층보다 지층이나 2층을 구하는 것이 좋아요. 단체 클래스는 스크린이나 보드 등을 자주 이용해서 그것을 놓을 공간이 꼭 필요해요. 그리고 공용 작업실일 경우 인원에 맞는 책상과 개인 사물함 또는 휴게공간이 필요하니 여러 점을 잘 살펴 나에게 맞는 규모를 설계하면 될 것 같아요.

미튼은 평수가 작지만 단체 클래스 빼고는 다 할 수 있도록 공간을 분리해놓았고 상황에 따라 맞춤형으로 이용하고 있습니다.

위치를 볼 때 제일 고려해야 할 점은요?

온라인 위주의 공방이라면 굳이 권리금이나 상권이 형성된 곳을 선택할 필요가 없어요. 1층보다는 2, 3층 혹은 오피스텔도 안전하고 좋을 것 같고, 오프라인 공방이라면 내 타깃에 맞는 동네와 위치를 선택하는 게 좋아요. 주로 거주하는 연령층에 따라 동네 분위기가 많이 다르므로, 직장인을 대상으로 하는 공방이라면 회사가 많은 도심지가 좋겠죠. 중장년층이나 어린이를 위한 곳이라면 신도시 같은 아파트 단지 상가나 주변에 있으면 접근성이 좋아요. 시간대에 따라 장소의 분위기가 변하기도 하므로 정한 곳을 충분히 다양한 시간에 방문해봐야 해요.

비슷한 업종이 모여있으면 좋은가요?

저는 모여있는 게 좋다고 생각하여 그런 동네를 찾아다녔어요. 아무래도 처음 창업을 하면 주변에 같은 업종이 있어 서로 도움을 주면 안심도 되고, 비슷한 분위기의 상점들이 모인 동네를 일부러 찾아오는 사람도 많기 때문입니다. 재료가 급하게 필요하거나 물건을 받기에도 시장이나 거래처가 가까이 있으면 일을 수월하게 처리할 수 있어 큰 도움이 된답니다. 매일 출퇴근하고 오랜 시간 머물러 있는 장소이니 집에서 공방까지의 교통과 거리가 적당한지도 살피는 게 좋습니다.

온라인 위주로 운영해도 공간상 고려할 점이 있나요?

사진으로 보여줘야 하는 부분이 크므로, 햇볕이 잘 드는 촬영하기 좋은 곳, 예쁘게 찍을 수 있는 공간을 고려해야 할 것 같아요. 공간을 따로 임대하지 않아도, 소품이나 색을 잘 활용하면 한 공간을 꾸며 작업 분위기에 맞게 충분히 어필할 수 있어요. 그리고 한눈에 물건을 보고 찾을 수 있도록 택배 재료나 상품을 분류해놓을 수 있는 공간도 마련해야 합니다.

양모공예 재료는 어디서 얼마나 사야 할까요?

주로 온라인이나 동대문종합시장 도매처에서 구매하는 편이고 특수한 재료는 일본이나 유럽에서 수입해서 쓰고 있어요. 시작할 땐 모든 실이 컬러별로 세팅돼 있어야 하므로 샘플북을 받아놓고 구매하면 좋고, 기획한 키트나 클래스 관련 재료들은 넉넉하게 구매해둬 재고를 여유 있게 두는 게 좋아요. 하지만 실은 잘못 관리하면 못 쓰거나 그냥 쌓이게 되는 경우가 생기니 무리하게 많은 양을 구매하지 말고 필요한 정도에서 조금만 넉넉하게 준비해놓으면 좋습니다.

수업은 어떤 기준으로, 어떻게 운영하면 좋을까요?

나만의 차별화된 아이템이 있으면 수업이 더 독보적일 수 있으므로, 클래스는 성격에 따라 나누어 컨셉을 정해 준비하면 좋습니다. 원데이수업은 주로 커플이 기념일에 추억을 만들기 위해 오는 편이라 복잡한 디자인이나 어려운 아이템보다는 쉽고 재밌게, 특별한 날을 기념할 수 있게끔 구성을 짜면 좋아요. 취미반수업은 자유롭게 만들고 싶은 것들을 배우러 오는 분들이 대부분이라 너무 전문적이고 딱딱한 디자인보다는 트렌디하고 자유로운 주제로 진행하는 게 중요해요. 전문가수업은 이 공방에 와서만 꼭 습득할 수 있는 차별화된 기술을 배울 수 있도록 체계적으로 기초부터 고급, 창작까지 할 수 있도록 단계적으로 커리큘럼을 짜서 가르치면 좋아요. 관련 자격증을 발급할 수도 있는데, 분명 배우는 입장에선 성취감을 느끼게 해주는 요소이므로 단계를 더 전문적으로 운영할 때 고려하면 좋습니다.

인테리어나 디스플레이를 할 때 고려할 점은요?

먼저 공간에 맞는 예산을 세우고 셀프 인테리어로 할 부분과 전문 기술이 필요한 부분을 구분하는 게 좋습니다. 전기, 수도, 철거 등은 나중에 잘못되면 더 큰 비용이 들어가 전문가를 불러서 하는 것이 안전합니다. 그래도 공방 창업은 대부분 소자본으로 시작하는 경우가 많으므로 어느 정도만 업체를 통해 시공하고 나머지는 직접 하는 게 비용을 줄이는 방법입니다. 참고로 '손잡이닷컴' 같은 DIY 전문 온라인몰에서 인테리어 재료를 쉽게 구매할 수 있습니다. 기술자가 필요하다면 '숨고' 같은 앱에서 내가 필요한 부분만 올려 견적을 받고 선택할 수 있어 편리합니다.
전문가에게 맡기더라도 내가 어떤 분위기로 공방을 만들고 싶은지 전체적인 컬러나 재료는 자료를 직접 수집하고 전문가와 상담하는 것이 중요합니다. 처음에는 중요하게 필요한 것만 세팅하고 그다음부터 하나씩 채워가는 것도 좋습니다.

작품 가격은 어떻게 책정하나요?

가격은 절대적인 기준이 있는 게 아니라 작품의 특징이나 공방의 운영 방식에 따라 달라질 수 있어요. 즉 작품의 퀄리티와 마케팅에 따라 달라지는데, 일단 책정하는 기본 공식을 알아두면 좀 더 합리적으로 정하는 데 도움이 될 거예요. 기본 공식은 [재료비+인건비+디자인비+이윤+부대비+부가가치세=판매가격]으로, 인건비는 시간당 최저임금으로 잡아 시작하고 나의 작업 완성도가 높아질수록 조금씩 높여가면 좋습니다. 디자인비는 책정하기 어려운 부분이긴 하나 다른 작품의 가격들을 참고해 합리적으로 정한 후 차츰 조절해나가고, 부대비는 재료를 수급하고 보내는 데 드는 수수료, 교통비, 운반비 등을 포함시킵니다.

처음 잡은 가격을 토대로 차후의 상황을 보며 조절해나가면 차차 자기만의 책정 룰이 잡힐 겁니다.

협회나 단체에 가입하면 운영에 도움이 되나요?

기관에 소속되면 처음 시작하는 단계에서는 정보를 같이 공유할 수 있어 일을 빠르게 진행시키는 데 도움이 됩니다. 하지만 무리하게 큰돈을 내서 가입할 필요는 없어요. 그리고 때에 따라 지금 중요한 창업 업무보다 다른 불필요한 일로 피곤한 경우가 생길 수 있으니 혼자서도 잘 찾아서 할 수 있는 성향이라면 굳이 가입을 안 해도 될 것 같습니다.

관련 전시나 페어 등은 꼭 참가해야 할까요?

내 브랜드를 알리고 홍보하는 작업이 필요하다면, 당연히 전시와 페어에 참여해 작품이나 제품의 반응을 살펴보는 게 도움이 됩니다. SNS로 소통이 가능하고 그 외 온라인 활용이 충분히 가능하다면 돈을 들여 전시할 필요까진 없지만, 불가능하다면 전시로 새로운 작품을 선보이고 고객들의 반응을 바로 피드백 받는 것도 하나의 방법입니다. 공방에서만 소극적인 마케팅을 하기보단 적극적으로 대규모 전시회나 박람회를 경험해보는 것도 다양한 경험을 쌓는 데 큰 도움이 되고요.

공방 운영자로서 갖춰야 할 자세와 마음가짐이 있다면요?

공방은 작업을 하는 나만의 공간이기도 하지만, 때로는 타인과 공유하는 공간이기도 해요. 비용을 크게 들이지 않더라도 그 공방만의 취향이나 분위기를 조금씩 만들어가는 게 무엇보다 중요하지만 고객들의 니즈를 파악하여 반영하는 것도 작업의 한 부분이고 주인장의 소임이라 생각해요. 운영 초반에는 비용 등의 현실적인 부분 때문에 정말 다른 걸 생각할 여유조차 없을 거예요. 하지만 너무 업무적으로만 공방을 운영하고 계획하다 보면 스스로 쉽게 지칠 수 있어요. 전체적인 균형을 맞춰가는 게 중요하므로 일로 할 부분과 작업으로 할 부분, 사람들과의 관계 등을 분리하면서 틈틈이 객관적으로 체크해보는 시간을 갖는 게 중요합니다.
처음부터 여러 일을 다 잘할 수 없으니 천천히 한 가지씩 재미있게 해나가다 보면 분명 그 공간에서 이뤄낸 작업과 사람들과의 관계 속에서 더 많은 것을 느끼며 얻을 수 있을 거예요. 또 내가 모르던 보물을 하나씩 찾아낼 수도 있고요. 그렇게 조금씩 성장하며 편안한 자기만의 공방을 만들어가길 응원합니다.

공방을 합니다
공감을 합니다

초판 1쇄 발행 2024년 7월 12일

지은이 이민종

펴낸이 김준성
펴낸곳 책세상
등록 1975년 5월 21일 제2017-000226호
주소 서울시 마포구 동교로23길 27, 3층 (03992)
전화 02-704-1251
팩스 02-719-1258
이메일 editor@chaeksesang.com
광고·제휴 문의 creator@chaeksesang.com
홈페이지 chaeksesang.com
페이스북 /chaeksesang 트위터 @chaeksesang
인스타그램 @chaeksesang 네이버포스트 bkworldpub

ISBN 979-11-7131-125-5 04810
979-11-7131-123-1 (세트)

*잘못되거나 파손된 책은 구입하신 서점에서 교환해드립니다.
*책값은 뒤표지에 있습니다.

mitten